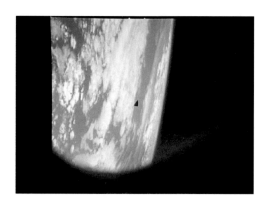

UFOs Global Real...

Das Wahrheit Embargo findet auch mal ein ende.

Autor : Dirk - Conny Poque`

Aachen - NRW / Germany

Para & UFO - Forscher / Researcher

<u>UFOs Global Real...</u>

Es gibt Dinge zwischen Himmel und Erde wie auch ihre wahren Hintergründe.

2

Vorwort

Mein Name ist <u>Dirk- Conny Poque` Para und UFO-Forscher</u> und befasse mich mit dem Paranormalen schon seit ich ein Kind war und den eigenen Erlebnis vom 30.Mai 1993 von fremder und unerklärlicher Herkunft.
Bevor ich euch zum Lesen auf meinen Seiten einlade möchte ich mich mal kurz vorstellen.
Ich bin ein Freischaffender Hobby UFO-Forscher und bin Aktivist von der Weltweiten Bewegung Exopolitik die sich mit unter hauptsächlich über die Thematik der Offenlegung vom UFO Embargo beschäftigt.) und gehöre auch keiner Organisation oder einen Wissenschafts Institut an.

<u>Über mich.</u>
Geboren am 27.08.1964 in der Kaiserstadt Bad Aachen
Mein Hauptantrieb dieser vielseitigen Aktivitäten ist mein Drang nach Wissen schon als Kind und nach meiner eigenen und ersten Sichtung wollte ich mehr erfahren über das UFO-Phänomen und begann zu Recherchieren um das Schier uns verborgene und Unbekannte zu verstehen, wie Phänomene und meiner eigenen Sichtung am 30 Mai 1993 und Wunder möglichst in seiner Gänze und Grenzen (Grenzwissenschaft) zu verstehen und zu erfahren. Während der letzten 21 Jahre habe ich mich intensiv mit allen für die Entwicklung des Menschen wesentlichen Wissensgebiete (Astronomie,Lebensformen,Philosophie, Psychologie, Religion, Spiritualität,Universum, Politik, Physik, Mystik, Geschichte, Musik, Malerei) auseinandergesetzt. So hat sich im Laufe der Jahre ein Wissens- und Erfahrungsschatz angesammelt, den ich zum Teil mit Ihnen auf diesen Seiten teilen möchte.

3

Gut Ufos sind kein Thema, mit dem sich seriöse Medien beschäftigen. Sie gehören in die "Sauregurkenzeit", ihre Existenz gilt als ungefähr so wahrscheinlich wie die des Ungeheuers von Loch Ness. Vernünftige Bürger wenden sich belustigt oder angewidert ab, wenn über "fliegende Untertassen" diskutiert wird und denken, dass Ufologen auch nicht mehr alle Untertassen im Schrank haben. Real ist allerdings die Dokumentenspur, die Ufos seit dem II. Weltkrieg bei US-Militär und -Geheimdiensten hinterlassen haben. Auf mehreren tausend Seiten ist dokumentiert, dass das scheinbar "lächerliche" Thema von offiziellen Stellen offenbar sehr ernst genommen wurde. Hochrangige Militärs waren sich in den 50er Jahren sicher, dass Ufos real sind, viele befürchteten, dass sie sowjetische Geheimwaffen sein könnten, einige vermuteten, dass sie von Außerirdischen gesteuert werden.

Es ist eine Tatsache und behaupte hiermit nun Felsenfest , ich bin Augenzeuge gewesen einer realen Sichtung von einer extraterrestrischen Lebensform.

Inhalt - Verzeichnis
Titel: UFOs Global Real...

1.Die Existenz von unbekannten Objekten

- Meine eigene Sichtung - von. Dirk - Conny Poque` -
Mein Erlebnis basiert auf einer wahren Begebenheit ich möchte auch meine
Leser was mir widerfahren ist teilen, ich möchte auch eine Botschaft
übermitteln.
Aber da komme ich später drauf zu sprechen. Mann kann so vieles erleben aber
da gibt es ein Vorfall der meinen Glauben in frage gestellt hatte. Sie müssen
wissen das ich streng Katholisch erzogen worden bin und das es nur Gott gibt
der das Univerum mit samt der Erde kreiert hat und sonst nichts. Nun ich wurde
eines anderen belehrt und wirkte verwirrt. Warum... es geschah am 30. Mai 1993
in Dedenborn aber ich hatte zuvor einen Motorrad Ausflug mit meinen Kumpels
gemacht und kamen vom Ausflugsort Koplenz zurück in richtung Aachen durch
die Eifel. Auf den halben wege zur Heimreise trennte ich mich von meinen
Kumpels weil ich noch eine weitere Heimfahrt zurück legen musste wie meine
freunde. Aber ich entschied mich noch einen abstecher nach Dedenborn mit
meinen Motorrad zu machen. Zwei Kilometer vor den Ort auf der Landstraße
geschah etwas unglaubliches ich wurde zeuge einer Sichtung eines
unbekannten Flugobjekt.

Es wahr schon Nacht und bewölkt am 30.Mai 1993 Uhrzeit gegen 23:15

oder besser gesagt...
Da geschah es ,etwas schier unfassbares außerhalb der Ortschaft. Ich sah was
auf mich Sehr schnell zukommen kein Auto oder was vertrautes wie manche jetz
denken, sondern von Westen ein fliegendes pulsierendes dreieckiges
schwarzes Objekt (Triangle - UFO) mit vier lichter und erkennbarer Anomalie
am Himmel ich konnte es auch nicht als Mensch zuordnen oder einordnen und
der größe nach . Es wahr unheimlich zu dem genannten damaligen Zeitpunkt
bzw. ich wahr in dem moment einfach und salob ausgedrückt überfordert und
auch meinem Fahrzeug gegenüber aber ich kam zum stillstand .Es flog lautlos
direkt circa 20 meter über meinen Kopf hinweg ich spürte eine Art Gravitation
mein Puls stieg und ich bekam eine Gänsehaut und es flog weiter in Richtung
Osten auf einer Waldlichtung zu und verschwand .

Ich hatte damals nicht die Möglichkeit das Objekt per Kamera aufzunehmen leider und keine Zeugen ,aber hatte jede mögliche Einzelheit mir eingeprägt .

(UFO-Klassifikation) Einstufung der Sichtung - CE II) mit Einwirkungen auf die Umwelt (Wechselwirkungen).

1.) Seitenlänge des Objekts 35 bis 50 Meter

2.) 4 Lichter Gelb Weis Strahlend drei davon in den Ecken und ein Licht Gelb Rot Violett in der Mitte (Centrum) wie eine Aura Starke Magnetische Einwirkung von wärme Entwicklung und Rotation.

3.) Phantastisch Metallische und Gegenstände in der Umgebung schwebten hatten keine Schwerkraft mehr bzw. zur Straße Bodenkontakt .

4.) Objekt Sichtbar Metallisch Schwarz und in Sekundenbruchteilen Atemberaubend, einfach gesagt Spektakuläre Flugmanöver.

5.) Verbrennungen meiner Person an meinen Linken Handrücken ersten Grades.

6.) Eine Art Anomalie (Verzerrung) um den Objekt herum.

7.) Insassen Vermutung schwach zu sehen aber erkennbar.

Seit diesem Vorfall habe ich angefangen zu Recherchieren und wollte mehr über dieses unbekannte Phänomen wissen und auf dem Grund gehen bis heute.Durch mein Forschen der Sichtungen weltweit in den letzten Jahren bin ich zur erkenntnis gekommen das einige gleiche ereignisse oder Vorkommnisse wie Videos und berichte gestoßen bin die sich mit meinen Fall gleichen oder ein zusammenhang besteht und sich durchaus identifizieren.

Einige Beispiele :

1.) Die Sichtung der UFO Welle in Belgien von 1989 (Object: Triangle - UFO).

2.) Militärbasen in England : Rendlesham Forest UFO

3.) Eines der erwähnenswertesten Ereignisse fand im März 1993 statt: Mehr als 70 Augenzeugen, darunter Armeeangehörige und Polizisten beobachteten in den Grafschaften Devon, Cornwall Shropshire und im Süden von Wales ein grosses, tieffliegendes Objekt.

Dieses gab einen summenden Ton von sich. Insgesamt fanden 30 Sichtungen über den Zeitraum von sechs Stunden statt – doch auf den Radarbildern gab es keine Spur des Objekts usw.

Erklärung: Skeptiker

Beweise, die die Existenz von UFOs und Außerirdischen bestätigen, sind dennoch starke Indizien für den, der glauben kann, daß es sie gibt. Ein Skeptiker aber wird wie immer zu seinem eigenen Nachteil Argumente finden, diese zu verwerfen.
"Wie jede anderen UFO-Forscher oder Organisation müssen wir uns mit Skeptikern beschäftigen. Und wir sind durchaus gewillt, Kritik zu akzeptieren"

"Wir wissen, dass es Menschen gibt, die das Fach für Unsinn halten. Aber die können wir nur auf die zahlreichen Bücher und Fakten zu dem Thema verweisen."

Ich denke und die Forscher untereinander möchten explizit nicht als jemand bezeichnet werden, der an UFOs glaubt. "Diese Behauptung unterstellt, dass es eine reine Glaubenssache ist. Aber das ist nicht wahr, wir haben jede Menge Beweise."

Gut Ufos sind kein Thema, mit dem sich seriöse Medien beschäftigen. Sie gehören in die "Sauregurkenzeit", ihre Existenz gilt als ungefähr so wahrscheinlich wie die des Ungeheuers von Loch Ness. Vernünftige Bürger wenden sich belustigt oder angewidert ab, wenn über "fliegende Untertassen" diskutiert wird und denken, dass Ufologen auch nicht mehr alle Untertassen im Schrank haben. Real ist allerdings die Dokumentenspur, die Ufos seit dem II. Weltkrieg bei US-Militär und -Geheimdiensten hinterlassen haben. Auf mehreren tausend Seiten ist dokumentiert, dass das scheinbar "lächerliche" Thema von offiziellen Stellen offenbar sehr ernst genommen wurde. Hochrangige Militärs waren sich in den 50er Jahren sicher, dass Ufos real sind, viele befürchteten, dass sie sowjetische Geheimwaffen sein könnten, einige vermuteten, dass sie von Außerirdischen gesteuert werden.
Es ist eine Tatsache und behaupte hiermit nun felsenfest ,ich bin Augenzeuge gewesen einer realen Sichtung von einer extraterrestrischen Lebensform.

Dirk - Conny Poque`

2.Von Menschen und Ausserirdischen
Mensch trifft Alien - und was dann?

Nicht nur innerhalb der Science-Fiction, UFOlogie und SETI-Forschung wird über Verlauf und Folgen eines transterrestrischen Kulturkontakts spekuliert. Vorstellungen und Bilder des gänzlich Fremden und noch unbekannten werden einer umfassenden kulturwissenschaftlichen Betrachtung und Kritik unterzogen: Wie hat sich unser Denken über ‚die Außerirdischen' gewandelt? Welche Kontaktszenarien werden diskutiert und auf welchen Vorannahmen beruhen sie? Über welche Möglichkeiten und über welche Risiken lohnt es sich ernsthaft nachzudenken? Eine in mehr als nur einer Hinsicht abenteuerliche Beziehung steht auf dem wissenschaftlichen Prüfstand.

Sitzt man in lockerer Runde in Deutschland mit anderen zusammen, gibt es Themen, über die so gut wie jeder zu reden bereit ist: Wetter, Sport und Politik. Es gibt aber auch Themen, die irritieren. ‚Außerirdische' ist ein Musterbeispiel dafür. Die einen diskutieren es mit einer schon fast leidenschaftlich zu nennenden Begeisterung, die anderen distanzieren sich entschieden und direkt von diesem ‚Unsinn'.

Aber die Fremden tauchen auch in den Erzählungen von Menschen auf, die davon überzeugt sind, am Himmel jene fremden Raumschiffe gesehen zu haben oder gar davon, dass ein Kontakt mit ihnen – sei es zum Guten, sei es zum Schlechten – bereits stattgefunden hat. Und dann gibt es da auch noch jene seriösen Astronomen und Physiker, die Unsummen an öffentlichen und privaten Gelder ausgeben, um mit ihren Radioteleskopen Signale der Fremden zu empfangen...

3.Sind Wunder möglich oder nicht ?

Um nur einige dieser unerklärlichen Vorkommnisse zu nennen, berichtet wurde über: persönliche Christuserfahrungen und Visionen von ihm und der Jungfrau Maria; weinende und blutende Marienstatuen; Lichtkreuze, die plötzlich in Fenstern von Wohnhäusern erschienen; die Entdeckung von Heilwasser in Mexiko und anderswo; einen geheimnisvollen Anhalter, der überraschend auftaucht, von Leuten mitgenommen wird und immer erzählt, der Christus sei in der Welt, und dann plötzlich verschwunden ist; die Zunahme von UFO-Sichtungen; Kornkreise, die rund um die Welt in Getreidefeldern auftauchen, und so weiter. Sind generell derartige Berichte ernst zu nehmen, oder als Einbildung oder Tricks einzuordnen, oder gibt es dafür wissenschaftliche Erklärungen?

Ich bezweifle nicht, daß einige der Kornkreise, vor allem in England, Fälschungen sind. Doch die meisten der von Ihnen beschriebenen Phänomene sollte man wirklich ernst nehmen. Diese Dinge geschehen weltweit und sie gehören zu den Zeichen, die im Zusammenhang mit der jetzigen Wiederkehr des Christus von vielen Menschen erwartet und gesucht werden.

Sie sehen darin Zeichen für die Wiederkehr des Christus? Ja, sicher. Es sind Zeichen, daß eine Ära zu Ende geht und eine neue beginnt, und daß der Christus auf die Welt zurückgekehrt ist, um den neuen Zyklus einzuleiten. Diese Zeichen sollen das Vertrauen der Menschen stützen sowie ihre Hoffnung in die Zukunft und in ein Leben auf geistiger Basis, damit soll uns bewusst bleiben, daß die Welt sich ständig wandelt und die Zeit der Wunder nicht der Vergangenheit angehört. Die Wunder der Bibel beispielsweise und die aus noch früheren Zeiten wiederholen sich jetzt täglich, fast stündlich, überall auf der Welt. All diese Ereignisse verdichten sich für die Menschheit zu dem ziemlich deutlichen Beweis, daß die Zeit, in der der Christus öffentlich auftreten wird, sehr nahe ist.

Phänomene: Das Lichtkreuz-Phänomen erscheint seit 1986 auf dem ganzen Globus. Es fing in den USA an und verbreitete sich bald in viele andere Länder darunter Kanada, Mexiko, Deutschland, Frankreich, Slowenien, Rumänien, Australien, Neuseeland und die Philippinen: Von einem Augenblick zum Nächsten manifestiert sich plötzlich ein hell strahlendes Kreuz im Fenster. Die Lichtkreuze scheinen wie ein holographisches Abbild in der "Luft" zwischen einem normalen Fenster und einer Lichtquelle zu hängen.

4.Bewusstseinwandel

Nicht nur unsere Umwelt verändert sich, auch unser Denken verändert sich. Ich bin nicht mehr der Mensch, der ich noch vor fünf Jahren war. Natürlich ändert sich jeder Mensch im Laufe des Lebens, aber die Entwicklung scheint sich stark zu beschleunigen. Neue, unerwartete und teilweise beunruhigende Informationen prasseln auf uns ein, sodass es oft schwer fällt, Schritt zu halten. Vielleicht geht es Ihnen auch so. Die Menschen spüren, dass etwas Großes im Gange ist. Darum geht es beim Thema 2012. Es findet ein Wandel in unserem Denken, Fühlen und Handeln statt. Nichts bleibt so, wie es einmal war. Der Boden unter den Füßen scheint wegzubröckeln. Keiner weiß so genau, was als nächstes kommt. Der Gedanke, dass es so wie bisher nicht weitergehen wird, setzt sich immer mehr durch.

10

Beispiel Klimawandel: Niemandem auf dem Globus entgehen die Veränderungen des Weltklimas. Jeder ist davon betroffen, egal, ob er in Europa, den Tropen oder in der Arktis lebt. Hier nehmen die Überschwemmungen zu, dort werden die Stürme extremer, an den Polen schmilzt jahrtausendealtes Eis.
Es findet ein Wandel in unserem Denken, Fühlen und Handeln statt. Nichts bleibt so, wie es einmal war. Der Boden unter den Füßen scheint wegzubröckeln. Keiner weiß so genau, was als nächstes kommt. Der Gedanke, dass es so wie bisher nicht weitergehen wird, setzt sich immer mehr durch.
Letztendlich kochen wir alle nur mit Wasser.

5. U.F.O. unidentified flying object: Unidentifiziertes Flugobjekt

Abkürzung für englisch unidentified flying object, „unbekanntes fliegendes Objekt", eingebürgerte Bezeichnung für seit den 1940er Jahren im Luftraum wahrgenommene Objekte, die häufig Scheibenform haben sollen (daher auch fliegende Untertasse genannt). Die Vermutung, es handele sich um Raumfahrzeuge aus fremden Planetensystemen, die versuchen, einen Kontakt zu Menschen herzustellen, konnte bislang nicht bestätigt werden.

Die Phänomene erklären sich im Allgemeinen durch meteorologische Erscheinungen, helle Planeten, Luftspiegelungen, Sternschnuppen, Ballone u. a.

UFO-Klassifikation nach J. Allen Hynek

Von J. Allen Hynek stammt die wohl bekannteste und noch heute vielfach gebräuchliche Klassifikation, nach der die gemeldeten Sichtungen (ohne Wertung) eingeordnet werden:

- Nocturnal Light - Nächtliches Licht (NL): Anomale Lichter, die in großer Entfernung am Nachthimmel gesehen werden.
- Daylight Disk - Tageslichtscheibe (DD): Objekte, die in großer Entfernung am Tageshimmel gesehen werden.
- Radar Visuals - Radar visuell (RV): Ein UFO, das gleichzeitig visuell beobachtet und von Radar registriert wird.
- Close Encounter of the first/second/third kind - Nahbegegnung der ersten/ zweiten/dritten Art (CE I - III): Ein UFO in kurzer Entfernung zum Zeugen (CE I), mit Einwirkungen auf die Umwelt (Wechselwirkungen, CE II) oder mit Wesen in Verbindung mit der Nahbegegnung (CE III). Diese Einteilung wurde später erweitert um CE IV und V, mit Entführungen durch bzw. regelmäßigen Kontakten zu unbekannten Wesenheiten. Genannt wird gelegentlich auch eine Nahbegegnung der sechsten Art (CE VI), die sich auf Tier- oder Menschenverstümmelungen (sog. Mutilations) bezieht.

6.Gibt es UFOs ?

Warum erforscht die Wissenschaft nicht ernsthaft das Ufo-Phänomen, wo es doch genügend Hinweise für dessen reale Existenz gibt und Wohl kein unerkläriches Himmelsphänomen ist so umstritten wie die „Unbekannten Flugobjekte" (Ufos), die sich in mannigfacher Form am Himmel zeigen, oder manchmal auch am Boden, sofern man den Augenzeugenberichten glauben kann. Darin aber zeigt sich bereits das Dilemma mit den Ufos. Es gibt zwar Zehntausende Berichte von Menschen, die welche gesehen haben, auch gibt es durchaus Hinweise auf Anomalien am Himmel oder auf Erden im Zusammenhang mit solchen Sichtungen. Handfeste Beweise für die Existenz von Ufos aber fehlen. Deshalb ist die Ufologie eine Glaubenssache: Den Menschen, die davon überzeugt sind, dass von Zeit zu Zeit Flugkörper unbekannter Herkunft durch die Erdatmosphäre schwirren, steht wohl eine massive Mehrheit gegenüber, die Sichtungsmeldungen als Hirngespinste, Sinnestäuschung oder gar Betrug abtut.

Glühende Scheiben über dem Firmament

Berichte über unerklärliche Himmelsphänomene gab es zu allen Zeiten und aus allen Kulturen. Nur ein Beispiel: Am 4. November 1697 zogen in Hamburg zwei „glühende Scheiben" über das Firmament. Ein zeitgenössischer Stich gibt die Szene wieder. Vom Rand der Scheiben gehen Blitze aus, sie sind vielfach größer als der Vollmond, und am Boden stehen Menschen, die aufgeregt auf die später so gedeuteten Ufos zeigen. Der moderne Mythos von Ufos als außerirdischen Raumschiffen begann jedoch im Sommer 1947 mit dem berühmten Roswell-Ereignis. Damals soll nahe der Kleinstadt Roswell im US-Staat New Mexiko ein Raumschiff abgestürzt sein, die außerirdische Besatzung war tot, die Leichen der kleinen grauen Männchen wurden zur Untersuchung in den notorischen Luftwaffenstützpunkt "Area 51" in der Wüste Nevadas gebracht. Nach offizieller Lesart hat ein Farmer damals freilich nur die Trümmer eines abgestürzten Wetterballons gefunden. Natürlich, so die Ufo-Gläubigen, sei das nur das übliche Vertuschungsmanöver der Regierung gewesen. In Wahrheit habe es das Raumschiff gegeben, doch die USMilitärs hielten den Vorfall bis heute geheim. Schon zuvor, im Juni 1947, wollte der US-Privatpilot Kenneth Arnold über dem Washingtoner Mt.-Rainier-Gebirgsmassiv „fliegende Untertassen" beobachtet haben

Unheimliche Begegnungen mit Ufos

Seither gibt es immer wieder Sichtungsmeldungen, die sich zu bestimmten Zeiten häuften – so wie 1989, als über Belgien eine regelrechte Ufo-Welle hereinbrach. Augenzeugen beschrieben vor allem riesige, dreiecksförmige Flugobjekte. Selbst Piloten berichteten von unheimlichen Begegnungen mit Ufos. Etwa im August 2001, als sich zwei türkische Kampfflugzeuge eine Verfolgungsjagd mit einer rasenden Lichterscheinung geliefert haben sollen. Über der Provinz Izmir sei ein helles und sehr schnelles Objekt in Form einer Scheibe aufgetaucht, meldeten die Piloten. Das von ihnen alarmierte Frühwarnzentrum konnte jedoch auf den Radarschirmen nichts erkennen. In Mexico City soll im August 1997 ein Ufo um die Hochhäuser gekurvt sein, und im März 2004 filmte die Besatzung eines mexikanischen Militärflugzeuges mit einer Wärmebildkamera erst zwei, später elf leuchtende Kugeln, die in geringem Abstand die Maschine umkreisten und auch vom Bordradar erfasst wurden.

Für das Auge blieben die Objekte jedoch unsichtbar. Und schon 1969 sollen

die US-Astronauten Neill Armstrong und Buzz Aldrin bei ihrer Mondlandung Ufos gesehen haben.

Diese verwirrende Vielfalt von Erscheinungen ist die Crux der Ufologie. Zum einen handelt es sich um Leuchterscheinungen, die einzeln oder in Gruppen auftauchen, am Firmament rasante Manöver vollziehen und wieder verschwinden. Daneben werden Ufos als scheiben- oder zigarrenförmige solide Flugobjekte beschrieben, die teilweise mit irrwitziger Beschleunigung durch die Luft zischen. Manche Zeugen vermeldeten auch Begegnungen mit gelandeten Ufos und teilweise auch deren Besatzungen.

Vor einigen Jahren häuften sich Berichte über Entführungen durch die Außerirdischen. Sie sollen die Opfer in ihre Flugmaschinen gebracht und dort an ihnen Experimente – teilweise auch sexueller Natur – durchgeführt haben.

Angeblich wurden manchmal Menschen bei den Begegnungen verstrahlt, es gab magnetische Anomalien, durch die gerne auch die Autos der Zeugen stehen blieben, in einigen Fällen erzeugten die Ufos Radarechos, in anderen Fällen aber nicht. Es ergibt sich also kein zusammenhängendes Bild, das auf eine einzelne, klar definierte Ursache des Phänomens hinweisen würde.

Gegen die Hypothese, Ufos seien außerirdische Raumschiffe, spricht außerdem, dass die allermeisten Sichtungen höchst irdische Erklärungen finden. Oft stecken Wetteroder

Partyballons, hochfliegende Vogelschwärme, astronomische Objekte wie der Abend- und Morgenstern Venus, Flugzeuge, von der Sonne beleuchtete Satelliten, Manövermunition, Auto- bzw. Flugzeugscheinwerfer oder Reflexionen von Disko-Scheinwerfern hinter den Beobachtungen.

Unerklärliche Sichtungen

Dennoch: Einige Sichtungen bleiben auch bei genauer Analyse des vorliegenden Materials, gründlicher Zeugenbefragung oder Untersuchung von Foto- oder Filmmaterial unerklärbar. Dies macht sich die Ufo-Gemeinde zunutze. „Das Ufo-Phänomen ist real, und es lässt sich wissenschaftlich belegen. Unklar ist jedoch, woher die Ufos kommen, wer sie steuert und warum sie hier sind", meint etwa Illobrand von Ludwiger, ein durchaus renommierter Physiker und Systemanalytiker, der zugleich Vorsitzender der Ufo-Forschungsvereinigung MUFON-CES ist.

So ähnlich sahen es wohl auch die Regierungen vieler Länder, die eigens Ufo-Forschungsgruppen einrichteten oder zumindest systematisch die Beobachtungen sammeln ließen. Viel kam aber auch dabei nicht heraus, zumindest nicht offiziell. Deshalb gaben einige Länder die mit der Ufo-Forschung verbundene Geheimhaltung auf. In Großbritannien veröffentlichte das Verteidigungsministerium im Mai 2006 einen offiziellen Ufo-Bericht. Darin hieß es, bei den zahlreichen Sichtungen, die es in den vergangenen 30 Jahren über der Insel gab, sei keine einzige als eine echte fliegende Untertasse zu identifizieren gewesen.

Die Öffnung der Ufo-Archive

Meistens habe es sich um „bunte Lichter, manchmal Formen" gehandelt. Das stellte die französische Raumfahrtorganisation CNES, die für „extraterrestrische Ereignisse" zuständig ist, ihr Ufo-Archiv ins Internet. Für die Unterlagen interessierten sich sehr viele Menschen: Nur kurze Zeit nach der Ankündigung kollabierten die CNES-Computer wegen der hohen Zahl der Besucher. Das Resultat weicht von dem der Briten in überraschender Weise ab.

In Frankreich war eine erste Ufo-Sichtung 1937 gemeldet worden. Seit den 50er-Jahren gab es einen Schub bei der Beobachtung scheinbar unerklärlicher Himmelsphänomene. Die CNESStudiengruppe für Ufos gibt es seit 1977. Auf ihrer Internetseite listet sie 6000 Personen auf, die in Frankreich insgesamt 1600 Ufo-Beobachtungen gemacht haben wollen. Videos und Fotos müssen allerdings noch digitalisiert werden und stehen voraussichtlich erst gegen Ende des Jahres zur Verfügung. Bei rund der Hälfte der Vorfälle fanden die CNES-Forscher rasch eindeutige Erklärungen. Bei etwa 36 Prozent waren die Ursachen weniger klar. Doch in 13,5 Prozent der Fälle fand sich keine rationale Erklärung. Dies brachte den früheren Leiter der Gruppe, Jean-Jacques Velasco, zu der Aussage: „Ja, Ufos existieren. Und sie sind außerirdischen Ursprungs".

7. Woher stammen die Außerirdischen?

Wenn es die außerirdischen Besucher in ihren hypertechnischen Fluggeräten aber wirklich gibt – woher kommen sie dann? Dazu entwarfen die Ufologen drei Hypothesen. Die erste ist die klassische „Extraterrestrische Hypothese": Die Ufos sind Raumschiffe, die von einer außerirdischen, technisch sehr weit entwickelten Zivilisation gebaut werden und von deren Heimatplaneten durch das Weltall zur Erde fliegen. Möglicherweise sind die fliegenden Untertassen auch „Landungsboote" eines großen Mutterschiffs, das draußen im Sonnensystem oder auf dem Mond verborgen „vor Anker" liegt. Gegen diese Idee lassen sich viele Einwände vorbringen. So ist überlichtschnelle Raumfahrt nach heutigem Wissen nicht möglich, und auch unterlichtschnelle Reisen durch das All werfen gewaltige Probleme auf. Sie dürften auch für fremde Intelligenzen, die uns technisch weit überlegen sind, nicht ohne Weiteres lösbar sein. Deshalb ersannen die Ufologen ihre Hypothese Nummer zwei: Die Fluggeräte stammen aus der Zukunft, und ihre Insassen sind Zeitreisende. Dieser Idee hängt auch Ufo-Altmeister von Ludwiger an.

Die dritte Hypothese schließlich siedelt die Heimatwelten der Besucher in Paralleluniversen an. Es soll ihnen durch eine uns völlig unbekannte Physik gelingen, die Dimensions-Barriere zwischen unserem und einem weiteren Universum in unserer Nähe zu durchdringen. Hauptverfechter dieser Hypothese ist der französische Physiker Jacques Vallée.

Spekulative Theorien

Das Ufo-Phänomen zu erforschen?

Die Antwort ergibt sich zum Teil aus dem vorher Gesagten. Es gibt keinen materiellen Beweis für die Existenz der fremden Raumschiffe, etwa in Form eines abgestürzten oder technisch defekten Ufos, das nicht mehr von der Erde wegkommt (die Verschwörungstheorien lassen wir hier einmal außer Acht), an den sich anknüpfen ließe. Weiter sind die Theorien zur Herkunft der Ufos äußerst spekulativ, vor allem aber sind wir mit unseren technischen und wissenschaftlichen Methoden weit davon entfernt, sie verifizieren zu können. Niemand weiß, ob Zeitreisen wenigstens prinzipiell möglich sind, ebenso ist völlig unklar, ob es Paralleluniversen überhaupt gibt. Deshalb lassen seriöse Forscher die Finger davon, denn Leute, die sich mit solchen „Spinnereien" befassen, haben rasch ihren Ruf verloren. Der aber zählt in der wissenschaftlichen Gemeinde besonders viel. Auch wäre es rein technisch gesehen schwierig, Ufos, die ja äußerst flüchtige Erscheinungen darstellen, dingfest zu machen. Sie tauchen zu unvorhersehbaren Zeiten in verschiedenen Teilen der Welt auf und verschwinden rasch wieder, auch können sie jedes Flugzeug ausmanövrieren. Um ihre Existenz zu dokumentieren, bräuchte es ein weltweites Netz von Messstellen mit Kameras, Magnetometern, Radarantennen und so weiter. Das ist immens teuer, und den Regierungen fehlt nach den weitgehend ergebnislosen Ufo-Berichten ihrer Experten wohl auch die Motivation, ein solches Netz einzurichten, zumal die Ufos und ihre Besatzungen die nationale Sicherheit offenbar nicht bedrohen.

Lohnende Forschung

Gleichwohl könnte sich die Ufo-Forschung lohnen. Zwar wurde es in jüngster Zeit ruhig um die fliegenden Untertassen. Doch Sichtungen gibt es weiterhin, auch wenn kaum welche an die große Glocke gehängt werden.

In seiner Schrift „Das Studium der physikalischen Aspekte des UFOPhänomens"
argumentiert der mittlerweile emeritierte Physik-Professor
Auguste Meessen von der Katholischen Universität Leuwen (Belgien) dass
sich die Wissenschaft durch die Untersuchung des Ufo-Phänomens fortentwickeln könne. Er glaubt, das Phänomen sei nicht irrational, Ufos seien vielmehr physikalisch real und damit der Forschung zugänglich. Ähnlich argumentiert der US-Astrophysiker Bernhard Haisch, der mit drei Kollegen 2005 eine Denkschrift verfasste, in der er weitere ufologische Forschungsarbeiten fordert. Neue physikalische Erkenntnisse, so Haisch, lassen interstellare Raumfahrt nicht so unmöglich erscheinen wie bislang gedacht. Deshalb hält er es für möglich, dass die Außerirdischen längst hier sind – auch wenn sie sich aus einer Reihe von Gründen nicht klar zu erkennen geben. Es wäre nur logisch, nach Beweisen für ihre Besuche zu fahnden, denn nur so könnten wir erkennen, ob wir nicht längst zum „galaktischen Club" gehören (also eine Art Superzivilisation, bestehend aus
vielen Einzelzivilisationen, die sich über die ganze Galaxis erstreckt), ohne es zu ahnen.

Berechtigte Zweifel

Am einfachsten wäre es natürlich, ein Ufo in flagranti zu erwischen und mit den Insassen zu reden. Die Chancen dafür, fürchte ich, stehen aber schlecht. Denn auch bei den Sichtungen, die der Ufo-Gemeinde als bislang
stärkste Indizien für die Existenz fremder Raumschiffe gelten, gibt es mittlerweile Zweifel. Die Meldungen aus Belgien von 1989 beispielsweise könnten in Wahrheit auf US-Tarnkappenbomber zurückgehen (etwa vom Typ B2), die damals geheim erprobt wurden und auch europäische Nato-Stützpunkte anflogen. Dies würde auch die Dreiecksform der beobachteten
Objekte erklären.

Den Lichtertanz über Mexiko von 2004 im Infrarotbild des Luftwaffenaufklärers halten Experten der Ufo-Forschungsstelle CENAP in Mannheim für das Artefakt eines Sensors, der an der Flugzeug-Unterseite angebracht wird. Er habe die Außenlichter des Flugzeugs als Wärmequellen
registriert. Der Beweis: Als der Pilot nach einer Weile die Lampen ausschaltete, um sich vor den vermeintlichen Verfolgern zu schützen, verschwanden auch die Lichter vom Bildschirm. Die Radarechos sind damit
natürlich nicht erklärt. Doch diese wurden – anders als die Infrarotaufnahmen – laut CENAP nie veröffentlicht, konnten also auch nicht
analysiert werden. Ein Teil des Geheimnisses bleibt uns also erhalten.

Der Flying Object Interwall

Der Flying Object Interwall, benannt von Para und UFO-Forscher Dirk Poque`
basiert auf stichhaltigen beweisen und tatsachen der Globalen UFO-Wellen
von den letzten dreißig Jahren die in regelmäßigen abständen der
Sichtungen sich in zahlreichen Ländern der Erde ereigneten ,wiederholten
und immer wiedergehrenden drei Monats zeitabständen bis heute pasieren.
Das heist Interwallzyklen von Unidentifizierten Flugobjekten innerhalb von
drei Monaten sind Weltweit zu verzeichnen.
Immer wieder melden Menschen aus allen schichten Sichtungen die auch
vermehrt in die kategorie der echten unerklärlichen Fälle von UFOPhänomene
wie begegnungen der dritten Art und enführungen einzuordnen
sind.
Zum Beispiel UFO-Welle in Belgien im Jahre 1989.
Eine Welle von außerordentlichen UFO-Sichtungen gab es in den Jahren 1989
bis 1992 in Belgien. In diesem Zeitraumwurden Hunderte von
Zeugenberichten gesammelt, Videoaufnahmen und Fotos bestätigen das
Phänomen in bisher kaum da- gewesener Art und Weise. Außergewöhnlich
an der belgischen Sichtungswelle ist auch, wie private Organisationen
(allen voran SOBEPS, eine belgische Vereinigung zur Erforschung von
Weltraumphänomenen) und die Polizei sowie das Militär
zusammengearbeitet haben. Erstmals in der Geschichte der UFO-Forschung
gab es einen uneingeschränkten Austausch von Informationen und
Datenmaterial bezüglich aller Aspekte der Sichtungen. Dies ging sogar so
weit, daß die belgische Luftwaffe den Forschern Radaraufzeichnungen zur
Verfügung stellte, die aufgezeichnet wurden, als ein F-16- Kampfflugzeug
versuchte, ein UFO zu verfolgen und zu identifizieren. Die Fakten der
Sichtungen selbst sind faszinierend und grenzen in ihrer Konsistenz und
Glaubwürdigkeit an die Bedeutung von harten , nicht zu widerlegenden
Beweisen.

In den unzähligen Beobachtungen von Zeugen, darunter eine große
Anzahl von Gendarmen, Wissenschaftlern und hohen Militärs,
werden vor allem riesige, dreiecksförmige Flugobjekte
beschrieben. Videoaufnahmen und Photos zeigen diese Objekte in
aller Deutlichkeit, und trotz verzweifelter Aufklärungs- versuche
deutscher UFO-Skeptiker (Ultraleichtflugzeuge!) ist der Ursprung
dieser Objekte bis heute nicht geklärt. General De Brouwer, einer
der rang- höchsten Kommandierenden in der belgischen Luftwaffe,
hat in einem Interview persönlich darauf hingewiesen, daß seine
Luftwaffe keine Erklärung für die UFOs alle irdischen Technologien
in den Schatten stellen und definitiv nicht auf neuartige
amerikanische Testflugzeuge wie etwa Aurora, B-2 oder F-117
hinweisen! Das belgische Militär bestätigt also offiziell die
Existenz von unbekannten Flugobjekten im eigenen Luftraum. Die
beweishaltigen untersuchungen neben der unerklärlichen UFOSichtungswelle
in Belgien zeigen und beweisen das leider nicht
alle weltweiten UFO-Phänomene und zahlreiche weitere reale
Sichtungen auf den Grund gegangen wurde wegen der Vertuschung
und Geheimhaltungsstufe wie es der Fall in Belgien eindeutig
wiederlegt. Das UFO-Phänomen ist als solches Wissenschaftlich
Real einzustuffen und ist insbesondere auf eine Art und Weise
dadurch zu erklären das es einer großen aufmerksamkeit und
Bewustseinswandel bedarf das wir von einer bzw.
(mehrehren)Intelligenten außerirdischen Lebensform besucht
werden oder man kann davon ausgehen das es sich um neugierige
Wissenschaftliche besucher handelt die sich Sehr für die Erde und
deren Lebewesen Interesse zeigen und Observieren. Es ist und wird
die wichtigste Erungenschaft und Wissenschaftliche entdeckung der
Menschheit.

Außerirdische

Ausserirdische und was Sie darüber wissen sollten; Wissen(schaft) versus Spekulation

Falls es denn Ausserirdische gibt, wo viele Menschen derzeit von ausgehen werden sie auf irgendeinem fernen Planeten beheimatet sein. Deshalb wird als Erstes der Lebenslauf eines Planeten verfolgt, der intelligentes Leben hervorgebracht hat. Wie weit entfernt ist denn ein ferner Planet? Das Kapitel über die Vermessung des Himmels vermittelt dem Leser eine Vorstellung von astronomischen Distanzen. Damit lassen sich manche Konsequenzen und Schlussfolgerungen des Titelthemas besser nachvollziehen.

Falls es denn Ausserirdische gibt, wird ihr Heimatplanet um einen fernen Stern kreisen, vielleicht sogar in einer fernen Galaxie. Deshalb wird dem Leser eine Vorstellung vermittelt vom Wesen eines Sterns und von den Gebilden, in denen sich Milliarden von Sternen zusammenballen.

Sind wir allein im unermesslichen Weltall oder haben wir irgendwo intelligente Nachbarn? Eine Frage, die uns Menschen seit alters her beschäftigt, denn es scheint eine kollektive Sehnsucht nach Beweisen zu geben, dass der Mensch nicht allein sei. Was aber noch viel spannender ist: Ausserirdisches, intelligentes Leben lässt sich a priori nicht ausschliessen; und deshalb lässt sich auch nicht ausschliessen, dass uns Ausserirdische unerwartet besuchen - vielleicht schon morgen oder übermorgen, oder erst in vielen tausend Jahren!

Die Kosmologie erhebt erst seit wenigen Jahren den Anspruch, ein eigenständiges Teilgebiet der exakten Naturwissenschaften zu sein. In ihr treffen sich Astronomie, Astrophysik, Elementarteilchen- und theoretische Physik interdisziplinär.

Greys-Alien

Viele der Entführten reden immer von oder erwähnen die kleinen Grauen (Greys) genannt, die oft als Bösartige Wesen erscheinen und einehmbarer Psyche der Opfer beeinflussen und gegen den Willen entführt wurden-Spezies eingestuft wird. Ihre Untersuchung ergab, dass die Außerirdischen als Alien Greys oder Graue Aliens, Wesen von System-Zeta Reticula (Doppelsternsystem im südlichen Sternbild Reticulum), die sich selbst als "Reticula" identifizieren,sie sind auch als Dämonische Wesen in alten Schriften bekannt und entführen Menschen und nehmen sie auf fremden Schiffen und Alien Basen mit,oder die unterirdisch vermuteten Basen und auf dem Meeresgrund sich versteckt aufhalten und befinden, laut vieler Zeugenaussagen an Psychologen in einer Sitzung und Befragungen im Traum (Schlaf) Versetzte Opfer und im Unterbewusstsein aussagten .

Einige Entführten berichteten sogar , dass sie, von Zeit zu Zeit, entführt wurden durch menschliche US-Soldaten, die mit den Aliens zusammen Arbeiten und im geheimen eingeweiht sind.Dies sind aber nur reine Spekulationen, obwohl dies oft von den entführten erwähnt und berichtet wurde.Viele der Entführten besonders und von dramatischen Entführungsfällen ist die Rede,suchten Opfer einen Arzt auf und wurden nach der Entführung medizinisch untersucht und Pyschologisch behandelt,bei vielen Entführungsopfern wurden unbekannte und Körpeliche plesuren, Diagnostiziert die auch in den meisten Fällen runde Hautschnitte aufwiesen, auch Implantate von unbekannter Herkunft wurden unter der Haut oder der Muskelfaser festgestellt.Die Implantate wurden beim Reongten per zufall diagnostisch als sogenannte Fremdkörper entdeckt ,und anatomisch (Anatomie) von einen Chirurgen entfernt.

8.Alien Kontakt

Steht Ein Offizieller Alien Kontakt Bevor ?

Das unsere Erde wahrscheinlich seit geraumer Zeit im Visier Außerirdischer steht wird indessen selbst aus Kreisen hochrangiger Militärangehöriger der Luftwaffe nicht mehr ausgeschlossen. Zu dieser Überzeugung ist man vermutlich aufgrund verschiedener "Vorfälle" und den daraus resultierenden Untersuchungsergebnissen aus der Vergangenheit gekommen. Auch anerkannte Wissenschaftler, darunter Physiker und Psychologen von stattlichen Einrichtungen, wagen sich indessen vor laufender Kamera, dass auszusprechen was ein Umdenken in der Menschheit auslösen könnte.

Hier nur einige Namen der Berühmtheiten:

General belgische Luftwaffe, Wilfried de Brouwer TV-RTL

Prof. Schweicher, Militär. Hochschule Belgien TV-RTL

General russische Weltraumbehörde, Veslli Alexejew, TV- RTL

Ingen. Palmiro Campagne, Abt. Nationalverteidigung – Repräsentant der NATO

John Callahan, ehem. Abteilungsleiter der FAA- USA

Physiker Jack Kasher, Universität Nebraska TV- RTL

CIA-Offizier/Pentagonmitarbeiter Colonel Philip J. Corso

General u. Stabschef USA Tomas DuBose TV- Pro7

Geschwader Kommandant chil. Luftwaffe, Major Catalan Farias, TV- RTL

CIA-Offizier Robert Dean, TV- Sightings

General brasil. Luftwaffe FAB Moacyr Uchoa

Oberst brasil. Luftwaffe FAB M. Hollanda-Lima

Obers-Leutn. Brasil. Luftwaffe FAB Gabriel Brasil

General-Leiter der brasil. Luftwaffe FAB Octavio Moreira Lima TV- Globo

Die Liste ließe sich fortsetzen, ganz zu schweigen von den vielen Pilotenaussagen bezüglich ihrer UFO-Sichtungen.

Alien Phänomen

In Verbindung mit dem "Alien-Phänomen" stehen bekanntlich Experimente mit Entführten und das Auftauchen "unbekannter Flugobjekte". Bis heute ist noch nicht geklärt, ob auch die Kornkreiszeichen und Viehverstümmlungen ein Werk Außerirdischer darstellen. Der Verdacht, dass Menschen ihre Hand mit im Spiel haben ist, zumindest in manchen Fällen, nicht auszuschließen. Dabei geht es nicht mehr alleine um die Erprobung neuer Flugobjekte, die selbst in Kreisen der Militärs unbekannt sind oder einer neuen Waffengattung gepulster Waffen, die teilweise aus dem Forschungsprogramm des in Alaska befindlichen HAARP Projektes entstammen. Das schwächste Glied in der Raumfahrt ist bekanntlich der Mensch, das wissen die Weltraumbehörden und sind gezwungen zu handeln. Den Mond und dann den Mars als Sprungbrett ins Universum, wird den Menschen wie er heute geschaffen ist nicht weit bringen. Gen-Experimente unglaublichen Ausmaßes laufen wahrscheinlich daher auf höchster Stufe, um sogenannte Bioroboter zu entwickeln, die eine weitere Reise in den Kosmos überstehen können und für Erkundungen eingesetzt zu werden. Verschiedene UFO-Abstürze aus der Vergangenheit sorgten insbesondere in Nord und Südamerika für Aufregung. Glaubt man den Aussagen der Zeugen wurden dabei auch humanoide Wesen geborgen und als Außerirdische eingestuft. Ebenso kann es sich um "Unfälle" bei einem Experiment gehandelt haben und es waren in Wirklichkeit von Menschenhand gezüchtete Bioroboter. Viele Wissenschaftler sind sich darüber indessen einig, das Aufspüren von intelligenten Leben im Universum ist nur noch eine Frage einiger Jahrzehnte. Die Naturkatastrophen der letzten Monate könnte ein Grund sein, dass die Erde auch unter Beobachtung Außerirdischer steht, die sich vermutlich auch für den technischen Fortschritt der Menschheit interessieren.

Embargo-Hypothese
Andere Wissenschaftler vermuten dagegen, die
Außerirdischen hätten vermutlich gar kein Interesse
an einem Kontakt zu uns - sei es, weil ihnen das
Leben in ihrer eigenen Welt genügt und sie keinerlei
Veranlassung zur Expansion sehen, sei es, weil ihnen
unser Waffenarsenal nicht geheuer ist, oder sei es,
weil sie die Menschheit noch nicht reif für einen
solchen Austausch halten. „Es muss sich um
friedfertige, uns geistig und moralisch haushoch
überlegene Wesen handeln. Sie haben die gesamte
Galaxis unter Kontrolle. Entstehen irgendwo neue
Intelligenzen, so werden sie zunächst beobachtet, und
man vermeidet, mit ihnen in Kontakt zu treten. Die
sogenannte Embargo - Hypothese.

Sind wir allein?
Die amerikanischen Asstronomen Frank Drake und Carl Sagan
haben 1961 eine Gleichung aufgestellt,nach der die Zahl der
kommunikativen in der Galaxis abzuschätzen ist :
$$N= R^* .fp . ne . f1 . fi . fe . L$$
In der Gleichung steht N für die Zahl der kommunikativen
Zivilisationen. R* bedeutet die Gesamtzahl der Sterne in der
Galaxis,fp ist der Bruchteil von Sternen, die Planetensysteme
besitzen : ne ist die durchschnitliche Anzahl von erdähnlichen
Planeten pro System: f1 ist der Bruchteil von erdähnlichen
Planeten au denen sich tatsächlich Leben entwickelt : fi ist der
Bruchteil von Leben uf denen sich intelligentes Lebensformen
entsehen: fe ist der Bruchteil von intelligenten Wesen ,die
gewillt und fähig sind mit anderen Welten in kommunikation zu
treten,und L steht für die durchschnitliche Lebensdauer von
kommunikativen Zivilisationen ,ausgedrückt als Bruchteil der
Lebensdauer der Galaxis.
Natürlich kann es sich bei den Zahlen , die wir für jedes dieser
SYmbole einsetzen ,nur um grobe Schätzungen handeln. Also
die berühmte Nadel suchen im Heuhaufen ist schwer zu finden
bzw. fremde Lebensfähige und bewohnbare von Lebensformen
auch intelligenten Wesen im Universum und in unserer eigenen
Galaxis der Milchstrasse bestimmt mit Sicherheit existieren.

9.Mentaler Kontakt

Der Mentale Kontakt einer Frau aus Belgien mit Außerirdischen.
Ich wurde damals besser gesagt Mitte 2012 kontaktiert von einer
Frau aus Belgien die aus welchen Gründen auch immer Anonym
bleiben möchte was ich respektiere aber mir durchaus einräumte
und die erlaubnis erteilte darüber zu berichten über die erzählte
Geschichte die in der nähe von Eupen lebt und damals ein Zeuge
wahr von der Berühmten UFO-Welle in Belgien 1989 bis 1992
(Triangle Objekte).Eine Welle von außerordentlichen UFOSichtungen
gab es in den Jahren 1989 bis 1992 in Belgien. In diesem
Zeitraum wurden Hunderte von Zeugenberichten gesammelt,
Videoaufnahmen und Fotos bestätigen das Phänomen in bisher
kaum da- gewesener Art und Weise. Außergewöhnlich an der
belgischen Sichtungswelle ist auch, wie private Organisationen
(allen voran SOBEPS, eine belgische Vereinigung zur Erforschung
von Weltraumphänomenen) und die Polizei sowie das Militär
zusammengearbeitet haben. Was ja in Deutschland bis heute
vergebens erscheint und ist.
Aber jetz komme ich auf die genannte Frau zurück die aber
Anonym bleiben möchte.

Die mir erzählte das die Außerirdischen ,Herkunft der
Sternenkonstellation Aldebaran genannt kommen vom Menschen
ohne die anderen fremden Spezies zu erwähnen die uns umgeben
auch der eigenen Galaxie genannt Milchstrasse und uns schon seit
Jahrhunderten Observieren und mit vorliebe besonders Menschen
ausfindig machen die einer Mentalen eingebung und
Bewusstseinserweiterung und Spiritualität aufweisen und auch
erfüllen .Entführungen sind an der Tagesordnung also mit Menschen
dieser besonderen Gabe. Sie werden aber nicht gegen ihren Willen
entführt sondern durch ihre Gedankenerweiterung und Mentaler
Kommunikation mit den fremden Lebewesen verbunden.Obwohl
manche dieser Menschen im unterbewusstsein behandelt werden
und belassen werden.Warum das so ist sagen die fremden nicht
aber sie sagen vertrauen und Wahrheitsfindung ,Reinheit ist nicht
bei vielen Erdenbewohnern heilig .Diese werden auch besonders im
Medizinischen Sinne der fremden untersucht weil sie als abnormal
und Skeptiker erscheinen Evolutions bedingt.

Die Frau aus Belgien sagte mir auch noch das Sie eine Seelenverwannte in Deutschland hat und an der Lahn wohnt und fast blind ist und den kontakt mit ihr seit vielen Jahren flegt und die 60 jährige blinde behauptet das sie Botschaften aus fremden Welten empfangen würde und auch gehollt wird von fremden Wesen die aus verschiedenen Sektoren im Weltall stammen.Zum Beispiel: Systeme wie der Milchstrasse, Andromeda Galaxie,Sternbild Schütze-(Ausrichtung vom Seti-Wow Signal),Symetrie von Kornfelder und die verschlüsselten Koordinaten der einzelnen Galaxien und Sternen Systemen auch insbesonders Materie Hyper Welten im All. Sie hat auch ständigen kontakt über Gedankenübertragung mit einem Außerirdischen Wesen Namens Roby der sich in menschlicher gestallt mit hellen blauen Augen ihr dargestellt hat und Sie vormel einweist vom bestehenden vorhaben und der erkenntnis das wir von einer Intergalaktischen Gemeinschaft umgeben sind und Genverwannte angehöhren.Die Dame sagte auch noch das die schon immer hier wahren und derzeit verstärkt sind. Sie erwähtnen auch das sie einige tausend Jahre vorsprung besitzen der Menschheit gegenüber und das das wie die Menschen es nennen Bewuustseinsveränderungen unterliegt die die gesamte Menschheit erst erfahren müßten aber das putenzial ist durchaus im vertrauen und Frieden gegeben. Ich Denke mal das die Frau aus Belgien mir was damit sagen wollte und eine Botschaft übermittelt auch an weitere Menschen von den fremden Wesen und Mentalen Wesenheiten ein gewisses Bewusstseinsputenzial auch ein unbekanntes Medium nutzen wie zum Beispiel Gedankenübertragung als Kommunikation (Übertragung von Information) benutzen und mitbringen.
von, Dirk Poque`Para und UFO-Forscher

28

10.UFO-Tabuthema

Aber was ist eigentlich mit Deutschland um das genannte UFO Thema, schlicht und einfach es befindet sich noch im schlafenden Dornröschen Wald auch das Problem ist ein großes bestehendes Tabuthema über UFOs in der Deutschen Öffentlichkeit und wird nur durch gewollte Desinformation immer noch zum größten teil in der Deutschen-Bevölkerung belächelt. Deutschlands Geheimdienste wie auch der BND und die Aufklärung von verdächtigen Militär Operationen unter anderen im Luftraum von Flugzeugen also Flugbewegungen wie auch ins besonderer Unidentifizierter Flugobjekte genannt auch UFO wurden Sichtungen und Falldokumente analysiert und untersucht und wird an die Amerikanischen Geheimdiensten FBI und CIA zur weiteren Auswertung der Top Sekret UFO- Akten – Dokumente, Bilder, Landungen Filme(Video)und Aufzeichnungen von UFOKontakten bzw. Radarbewegungen übergeben.

Mit anderen Worten wurden die Dokumenten-Archivierungen der letzten 60 Jahre an die zuständigen Behörden der USA von Deutschland übergeben.
Was ist mit den Großmächten wie China, Russland und vorwiegend den Vereinigten Staaten , bis jetzt besteht keine Offenlegung des UFO Embargo und die Geheimhaltung wird um jeden Preis weiter aufrecht erhalten . Angeblich wegen der sogenannten Nationalen Sicherheit .Aber dies ist nur eine beabsichtigte und gewollte Global Politische Lüge.
"Zehn Regierungen haben nun öffentlich zugegeben, das UFOs existieren und real sind - Frankreich, Norwegen, Schweden, Brasilien, Argentinien, Venezuela, Mexiko, Philippinen, Peru, Grenada. Andere Regierungen wissen, das UFOs Existieren, geben dies aber nicht öffentlich zu."
Man kann auch mit Sicherheit in naher Zukunft davon ausgehen das weitere Länder aussagen machen und Beweise vorbringen werden , wie deren Militärs und Regierungen dieser endgültigen Offenlegung von UFOPhänomen auch ohne bestehende Zweifel folgen werden.
Warum: weil die Annahme oder der Gedanke das es so was nicht geben darf in den Köpfen der Menschheit letztendlich nicht mehr im Raume steht.
Aber Realität ist das das Globale UFO-Phänomen Präsenz zeigt und nur noch real im Raum wirklich erscheint.
Und real ist das der Glaube an UFOs und die falsche und Stumpfe Einstellung zum Phänomen gegenüber keiner Bedeutung auch im negativen Sinne nichts mehr beigemessen wird.
Jetzt zur eigenen Sache sage ich nur die Logik zählt und wird unser Bewusstsein auf ein weiteres Vorgehen und gemeinsames Handeln und den kommenden Wandel in Guter Absicht vorwiegend im Kosmos bestimmen.

UFO-Wellen

Die

Zwischen 1991 und 1993 erlebte Mexiko drei UFO-Wellen. Nicht nur vereinzelt sondern massenhaft berichteten Zeugen von wahren

Armadas

unbekannter Flugobjekte. Ermutigt von Zeitungen und Fernsehen, hielten

viele Menschen das, was sie sahen, mit ihren Videokameras fest. In ganz

Mexiko sammelten Lee Elders und Jaime Maussan Material für ihre Dokumentarfilme. Zum erstenmal sind damit die mexikanischen UFO-Sichtungen einem grösseren Publikum seit einigen Jahren zugänglich.

Gut

das ist Schnee von Gestern aber man könnte auch davon ausgehen

das

durchaus ein großer zusammenhang besteht und das Unglaubliche daran ist

das die UFO-Wellen seltsamerweise in Europa/Belgien 1989 begonnen haben

wie auch in Großbritannien im selben Jahrzehnt und in die 90er

sich

weiter ereigneten.

Die vermutungen und zusammenhänge meiner Recherchen der Objekte und Formen heute bzw.der letzten Jahre der darmaligen Weltweiten UFO-Inwassionen werden immer

Identischer und

Unheimlichen vorkommnissen, gleichen sich und ergeben ein Bild.

Müssen

sich die Menschen auf was vorbereiten oder gefasst machen?

Dann

wird das Archivieren der nutzlosen Falldokumente der UFOSichtungen

zur

reinen Zeitverschwendung für immer verbannt.

Zeitreisen

"Sind Zeitreisen machbar?"

Die Relativitätstheorie Albert Einsteins bietet verschiedene Möglichkeiten für die Zeitreisen.

-Reisen in die Zukunft-

Verlässt man mit einem fast lichtschnellen Raumschiff die Erde und kehrt nach einer gewissen Zeit wieder zurück, so ist auf der Erde ein längerer Zeitraum verstrichen als an Bord des Raumschiffes. Die Ursache ist die Zeitdilatation, die nach der spezielle Relativitätstheorie von Albert Einstein bei derartig hohen Geschwindigkeiten auftritt. Der genaue Ablauf einer solchen Zeitreise ist unter Zwillingsparadoxon beschrieben. Bei hinreichend großer Reisegeschwindigkeit und Beschleunigung wäre dabei im Prinzip in beliebig kurzer Reisezeit eine beliebig ferne Zukunft auf der Erde erreichbar. Bei einer für einen Menschen zumutbaren Beschleunigung erfordert jedoch eine Zeitverschiebung von Jahren auch eine Reisezeit aus der Sicht der Raumschiffbesatzung von über einem Jahr.

Nach der allgemeinen Relativitätstheorie ist der Lauf der Zeit auch von den Gravitations- und Beschleunigungsbedingungen abhängig, denen ein System unterworfen ist. So vergeht die Zeit auf der Spitze eines Berges schneller als auf Meereshöhe. Dieses Phänomen ließe sich als Zeitreise in die Zukunft interpretieren, wobei nicht nur eine raschere, sondern auch eine gebremste Reise möglich ist.

Der am weitesten „gereiste" Mensch ist der russische Kosmonaut Krikaljow, der 784 Tage an Bord der Raumstation Mir verbrachte. Er „reiste" im Vergleich zu seinen erdgebundenen Mitmenschen etwa eine Fünfzigstelsekunde in die Zukunft, weil die hohe Geschwindigkeit der Raumstation für eine spezialrelativistische Zeitdilatation sorgt, die wesentlich größer ist als die gravitative Zeitdilatation. Durch die Effekte der gravitativen Zeitdilatation wäre die Erdoberfläche im Vergleich zum Raumschiff in die Zukunft gereist, dies ist bei geostationären Satelliten der Fall, da sie sich nicht so schnell bewegen wie erdnahe Satelliten.

11.Auf einem Neutronenstern kann die gravitative Zeitdilatation erheblich sein. So könnte ein hypothetischer Bewohner eines Neutronensterns eine zeitaufwändige Aufgabe in einer Umlaufbahn um den Stern erledigen, um einen Termin auf der Sternoberfläche leichter einhalten zu können. Reisen in die Vergangenheit Nach derzeitigem Stand der Wissenschaft sind Zeitreisen in die Vergangenheit nicht möglich. Die bestehenden Theorien, nach denen eine solche Reise möglich ist, sind spekulativ und umstritten. Unbestritten ist jedenfalls, dass die Umsetzung dieser Theorien in absehbarer Zeit unmöglich ist. 1.) Nach der allgemeinen Relativitätstheorie ist es denkbar, dass zwei verschiedene Bereiche der Raumzeit über so genannte Wurmlöcher miteinander verbunden sein könnten. Wenn die beiden Ausgänge eines solchen Wurmloches zwei Bereiche unterschiedlicher Zeit verbinden würden, wäre eine Zeitreise auch in die Vergangenheit möglich. Allerdings zeigen Rechnungen, dass Wurmlöcher normalerweise nicht stabil sind und so schnell kollabieren, dass eine Passage nicht möglich ist. Hätte man hypothetische Materie mit negativer Energiedichte, so genannte exotische Materie, so könnte man damit ein Wurmloch stabilisieren. Die dazu erforderliche Menge an exotischer Materie steht aber, soweit bekannt, im gesamten Universum nicht zur Verfügung. 2.) Eventuell wäre auf einer speziellen Flugbahn in der Umgebung eines hinreichend schnell rotierenden Schwarzen Loches eine Reise in die eigene Vergangenheit möglich. Man nimmt jedoch an, dass es keine derartig schnell rotierenden Schwarzen Löcher gibt.

32

Das Wahrheit Embargo wird auch mal ein ende finden.

Die Zeit wird kommen wo alle Politisch verantwortlichen die
schon lange im Geheimen eingeweiht wurden von seitens der
führenden Regierungen in der Welt um zu lügen und zu
vertuschen auch der gesamten Welt-Bevölkerung gegenüber seit
Sechzig Jahren , rede und Antwort stehen wird und was die wahre
Wahrheit anbelangt bzw. das UFO-Embargo zu verhindern oder
zu dementieren ein reges Ende mal finden wird.Aber ich denke
das wir einen guten Redner gefunden haben wie der
Amerikanische Lobyist Herr Bassett von der Disclosure Bewegung
der mit einer starken Überzeugung im Namen vieler Menschen
und im eigenen Interesse handeln wird. Und die Offenlegung zu
einen Trumpf im Ärmel erfüllen wird.

12.Phänomen

Was ist wahr, und was ist falsch? Auch wenn wir etwas sehen, zweifeln wir oft an der Echtheit des Gesehenes. Oft ist es so, dass wir das, was wir nicht kennen oder nicht verstehen, ablehnen. Doch ist das nicht verrückt? Denn die Welt und ihre Geheimnisse bleiben auf diese Weise für uns dadurch weiterhin unerforscht – und das nur, weil wir diese Forschung nicht zulassen ...

Für viele Menschen gehören übersinnliche Phänomene mittlerweile zum Leben, und jeder Zweite hat schon mindestens einmal etwas Unerklärliches erlebt. Viele von uns versuchen sogar, das Erlebte zu verstehen. Vor allem Geister, Engelkontakte sowie Wahrträume und UFO-Sichtungen gehören zu den Phänomenen, über man immer wieder hört oder in der Presse liest.

Ich bin der Meinung, dass jeder Mensch übersinnliche Kräfte besitzt und dass es mehr zwischen Himmel und Erde gibt, als wir uns vorstellen können. Auch Sie haben diese Wahrnehmung! Und vielleicht hatten Sie auch schon einmal Dinge wahrgenommen, für die Sie keine logische Erklärungen gefunden haben.

Paranormale Erscheinungen gab es schon immer. In allen Ländern und zu allen Zeiten erlebten Menschen das, was sie nicht verstehen konnten. Ich habe auch mehrere paranormale Phänomene selbst erleben dürfen.

Dort draußen gibt es genügend Wunder, ohne dass wir welche erfinden müssten", sagte einmal Carl Sagan – wie wahr.

Die Zukunft.

Wir denken heute mehr denn je zuvor an das,was uns die Zukunft bringen wird. Die Vorstellung und Bilder der Science Fiction dringen von überall her auf uns ein,ob es uns gefällt oder nicht. Wir können nur Vermutungen über die Genauigkeit dieser Vorstellungen der Zukunft anstellen.Sie können nicht alle richtig sein,denn sie widersprechen sich. Im einen Szenario greift die Menschheit mit schimmerden Silberschiffen nach den Sternen.In einen anderen Leben wir in einem Alptraum computerisierter Überwachungssysteme,in einem dritten ist die Menschheit auf eine Handvoll verwilderter Horden reduziert,die in den Ruinen einer einstmals großartigen Zivillisation um ihr Überleben kämpfen.

Wir wissen nicht ,welche von diesen und vielen anderen Alternativen sich als richtig erweisen werden ,aber wir können fragen: Kann dieses Szenario eintreten? Mit anderen Worten: Sind diese Vorstellungen der Zukunft auf wirklicher Wissenschaft aufgebaut?

Es ist nichts Wunderbares daran oder doch wenn Science - Fiction -Autoren richtige Voraussagungen treffen. Die guten halten sich über die wissenschaftlichen und technologischen Entwicklungen auf dem laufenden.

Seit der Entdeckung der Radioaktivität im letzten Jahrhundert haben Wissenschaftler über die Energie theoretisiert ,die im Atom eingesperrt ist. Es ist daher nicht erstaunlich wo die Zukunft hinführen sollte, die Entwicklung der Atombombe ist zwar ein bitterer beigeschmack aber die Atomenergie hatte auch den Wohlstand gebracht über die Menschheit auch wenn sie mit ständigen Gefahren umgeben auch verbunden ist . Aber einige Pluspunkte bestanden darin was zum Beispiel die Medizin betraff und für die Wissenschaftlichen Fachbereiche,um nur eine zu nennen wie der Quantenphysik wurde von großer Bedeutung und Revolutionär

Nuklear ist keine Lösung und bedeutet Gefahr und Tod.
Atomenergie bekommt keine Chance mehr AKW,s Weltweit Abschalten !
Neben dieser zivilen Nutzung der Atomkraft ist der Einsatz von
radioaktiven Substanzen zu militärischen Zwecken noch weitaus
gefährlicher und unübersichtlicher. Die Waffenindustrie ist in vielerlei
Hinsicht, auch beim Einsatz der Kernenergie also, keinesfalls ökologisch
zukunftsfähig.
Wie schlimm steht es wirklich um uns?
Das Armagedon von dem so oft die Rede ist, befindet sich schon mitten
unter uns.Wir befinden uns an einem Scheitelpunkt in unserer
Menschheitsgeschichte. Man könnte auch sagen wir befinden uns auf
Messer's Schneide und mit uns unser wundervoller Planet Erde.
Wir haben nur noch eine Chance auch die Wahl entweder : grausame
Szenarien und totale Zerstörung oder Spirituellen Erwachen somit
einen Wandel
in sich Selbst und Gemeinsam aus der Atomenergie entgültig auzusteigen
und Lebensfähig neu zu beginnen .
Die letztere Variante Wandel gibt Hoffnung noch der entgültigen
Vernichtung zu entkommen.

Eine Warnung kommt auch von den UFOs an die Menschheit gerichtet ?
Es wurde auch oft davon gesprochen und Berichtet das sich schwebende
Objekte (Flying Object) oft über Atomkraftwerke Weltweit aufgehalten
haben bzw. sehr oft über Atommeiler gesichtet worden sind und über
Militär-Basen bestückt mit Atom Raketen! Warum: Weil die Menschen mit
dem Feuer spielen und die Nuklearenergie nicht auf dauer unter Kontrolle
haben können. Durch die ständige Präsenz der unbekannten Flugobjekte
über den Atomaren Einrichtungen,ist die Nationale Sicherheit durchaus in
großer Gefahr und kann nicht mehr Gewährleistet werden.

Tausende Piloten

Tausende Piloten aus aller Welt bezeugen UFO-Sichtungen.

Aber viele Reaktionen kommen von einigen bösen Stimmen aus dem Geheimen Untergrund der Gesellschaft in den USA und die aussagen und öffentlichen Anhörungen der UFO Zeugen werden nach dem 3.Mai im National Press Club in Washington D.C. von einzelnen unbekannten Geheimen Kräften ständig bedroht! Die Rede ist von Geheimen Bündnis der Ölbarone und Superreichen aus(Konzernen)auch Geheimen Organisationen und den Zensur Medien in der Welt

die viel zu verlieren hätten. Im Einfluss und Wirtschaftlichen Ausbeutung und den hungrigen Profit wenn die Wahrheit ans Licht kommen würde. Aber die wieder Sacher sie merken offenbar das die ständige aufrecht Erhaltung der Geheimnistuerei

an die Menschheit nicht vorbei kommt bzw. vorüber geht und fürchten das Ende von

Macht und Reichtum.

Es besteht auch kein Zweifel mehr und es gibt sie doch die sogenannte Geheime Alien-Technologie sie würde auch die oder unsere Welt Revolutionieren. Aussagen von

Piloten,Militär und Zeugen in der Welt packen aus im National Press Club in Washington D.C. am 3. Mai. Washington — Piloten sind oft Zeugen von UFOSichtungen,

aber wenige berichten darüber, aus Angst der Lächerlichkeit preisgegeben zu werden. Laut dem National Aviation Reporting Center on Anomalous

Phenomena (NARCAP), sind 3.500 Sichtungen „unbekannter Phänomene der Luft"

durch Militär-, Verkehrs- und zivile Piloten dokumentiert. Aber Captain Jim Courant,

Flugkapitän seit 31 Jahren, sagt, es seien noch viel mehr, es würde nur nicht davon

berichtet.

„Es ist erstaunlich, wie viele Menschen über dieses Thema Bescheid wissen", sagte er

während der Anhörung zur „Enthüllung der Tatsachen über die Existenz Außerirdischer auf der Erde"

Im National Press Club in Washington D.C. am Courant erforscht und studiert das UFO-Phänomen seit Jahren. Seine Bibliothek über das UFO-Phänomen und Außerirdische umfasst 3.000 Exemplare. Drei Jahre lang moderierte er eine Fernsehsendung mit dem Titel „New Perspectives". Noch immer arbeitet er als Pilot für eine Fluggesellschaft und wurde wegen seiner Fernsehsendung als Autorität für UFO-Phänomene und Begegnungen mit Außerirdischen bekannt. Seitdem kam er mit vielen Flugkapitänen und Militär-Piloten in Kontakt, die froh waren, eine Umgebung gefunden zu haben, in der sie über ihre Beobachtungen privat diskutieren konnten, ohne an die Öffentlichkeit treten zu müssen und lächerlich gemacht zu werden oder Vergeltung befürchten zu müssen. „Sie fürchten sich", nicht etwa wegen ihres Status oder wegen drohender Vergeltung ihnen gegenüber, sie „fürchten vielmehr um ihre Familien." Er beschreibt die Erfahrung eines Piloten der 1980 eine Boing 747 über dem Pazifik flog, als er plötzlich direkt vor sich ein UFO sah. „Du wirst nicht glauben was wir gesehen haben", sagte der Pilot laut Courant. „Dieses Ding war größer als eine 747." Courant sagte, der Pilot erzählte ihm, dass er, nachdem er in Japan gelandet war, „befragt wurde und ihm wurde befohlen niemals darüber zu sprechen." Auch berichtete Courant von einer eigenen Begegnung mit einem UFO. Es war 1995 - er flog in der Nähe von Albuquerque, New Mexico, - als er und sein Copilot eine sich von links nähernde blau-grüne ovale Silhouette wahrnahmen. „Dann schoss das Objekt plötzlich in einem Blitz aus grell weißem Licht mit einem Winkel von 45 Grad nach oben", sagte er dem Komitee. Vier andere Piloten berichteten der Flugsicherung, dass sie ebenfalls das Objekt gesehen hatten.

„Einer der Piloten sagte, es muss ein Meteor gewesen sein", erinnert sich Courant und fügt hinzu „Ich erwiderte, ‚seit wann fliegen Meteore rückwärts?'" Als er nach der Anhörung während eines Telefonats nach der Reaktion seines Copiloten gefragt wurde, sagte er: „Er weigerte sich mit mir darüber zu diskutieren und flog später auch nicht mehr mit mir." Courant berichtet, dass Piloten eine Vielzahl von Flugobjekten beobachtet haben, die plötzlich erschienen und sich mit Geschwindigkeiten fortbewegten, die mit heutigen Technologien unmöglich seien. Die Formen der UFOs variierten zwischen zigarrenförmig bis dreieckig und manche hatten die Größe von Flugzeugträgern oder größer. Er sagt, Piloten „nehmen ihren Beruf sehr ernst und neigen selten zu Übertreibungen."

„Die 1999 vom anerkannten UFO-Spezialisten und früheren leitenden Wissenschaftler des Ames Research Centers der NASA, Dr. Richard F. Haines, gegründete NARCAP -Webseite war in der Vergangenheit äußerst effektiv bei der Dokumentation von Sichtungen, aber Courant sagt, dass mehr getan werden muss. UFO-Sichtungen sind nur die „Spitze des Eisberges", wenn man bedenkt, was entdeckt wurde und was über Außerirdische bekannt ist. „Es gibt gewisse Dinge, in die ich eingeweiht wurde, über die ich aber hier nicht sprechen kann", sagte er bei der Anhörung. Courant, sagte, es wäre an der Zeit für die U.S. Regierung damit herauszurücken, was ihre Agenturen in den vielen Jahren an Kenntnissen über extraterrestrische Kontakte gesammelt und gelernt haben.

Ultimative Wissenschaft

Ultimative Wissenschaft die UFO-Forschung

Die und meiner UFO-Forschung und auch eigenen Recherchen Basiert hauptsächlich

auf Klassische fälle die der spezifischen UFO- Klassen zum Beispiel entsprechen wie

der metallischen Objekte am Himmel und der

Licht oder Anomalien usw. und der Weltweiten Sichtungen und berichte anderer Zeugen .Die mich auch dazu veranlassen und veranlasst haben weiter zu forschen dies

verstärkt auf den Grund zu gehen und ermutigen daran nicht zu scheitern oder zweifeln das wir einer Wahrheit entgegen sehen und steuern die seit Jahrhunderten

unter uns weilt. Hingegen was meine private Forschung Anbetrifft ist schlicht und einfach genauer gesagt nicht von Bedeutung als einzelner ist aber allemal Bedeutungsvoll für die ganze Menschheit wird und ist was die Offenlegung der Sichtungen und Dokumenten und Aufzeichnungen in den Archiven und dem Medium

40

Internet Weltweit angeht Beweist das wir keiner Utopie unterliegen. Und denn zeugen

aussagen von Astronauten der NASA, Regierungen denn Militär und Piloten. Wir müssen den Tatsachen ins Auge schauen das wir uns gewaltig geirrt haben zu glauben das es reale Phänomene und Erscheinungen von dieser Art und Vielfalt nicht

geben darf in unseren Köpfen. Denn der Erstkontakt fremder Spezies ist schon längst

vollzogen worden auf der Erde ohne Begrüßung und Händedruck aus meiner Sicht und der Menschheit.

Vergessen wir nicht das SETI

Projekt es hat vielleicht schon weichen gelegt und die gesandte Botschaft ins All Ihr

Ziel unbewusst ohne Wissen der SETI Wissenschaftler die fremden Intelligenten Lebensformen erreicht,auch wenn das SETI Projekt Skepsis entgegen gebracht wird

und umstritten ist.

13.Zwischen Himmel & Erde

Dinge zwischen Himmel und Erde

Blitze sind unheimlich. In Steven Spielbergs neustem Opus drücken sie schon auf die Stimmung, als noch gar nicht klar ist, daß sich da fiese Aliens in den Boden beamen. Andererseits: Solange sie nicht in Spaziergänger oder Weichenstellwerke fahren, sind sie auch recht schöne Spektakel.

Kugelblitze dagegen sind ärgerlich. Erstens sind sie undemokratisch. Nur ein Prozent der Bevölkerung hat überhaupt eine Chance, jemals im Leben einen zu Gesicht zu bekommen. Zweitens beleidigen Kugelblitze unsere wissenschaftlichen Gefühle. Augenzeugen beschreiben sie als zumeist mild leuchtende 10 bis 50 Zentimeter große Bälle, die mit Schritt- bis Laufgeschwindigkeit einherschweben und sich über mehrere Sekunden beobachten lassen.

Nur ein paar dürftige Schnappschüsse

Ein Phänomen, das sich in dieser Weise an menschliches Maß hält, hätte sich eigentlich erst recht einer Wissenschaft zu erschließen, die heute in Nanometern und Giga-Lichtjahren gleichermaßen zu Hause ist. Doch bislang wurde noch kein einziger Kugelblitz wissenschaftlich vermessen. Bis auf ein paar dürftige Schnappschüsse sind Augenzeugenberichte alles, was wir haben. Wie kommt ein Naturding dazu, sich aufzuführen wie eine Marienerscheinung?

Die einfachste Antwort wäre, daß es Kugelblitze gar nicht gibt. Was haben sich Menschen schließlich nicht schon alles eingebildet! Einst waren es Hexenwerke und Schloßgespenster, später Ufos und Yetis. Doch der Fall der Kugelblitze liegt anders. "Durch das gesamte 20. Jahrhundert gibt es eine erstaunliche Stabilität in den Berichten", sagt der Meteorologe und Umweltpsychologe Alexander Keul von der Universität Salzburg. Keul hat seit 1974 mehr als 650 Kugelblitz-Berichte gesammelt und sie mit anderen Fallisten verglichen. Dabei stellte er fest, daß die Zeugen über Jahrzehnte hinweg immer sehr Ähnliches berichten: leuchtende Kugeln, die nach einigen Sekunden verlöschen oder verpuffen - stets im Sommer und in 90 Prozent der Fälle im Zusammenhang mit Gewittern.

„Völlig anders als bei Ufos"

"Das ist völlig anders als bei Ufos", sagt Keul, "dort kamen im Laufe der Zeit immer mehr Einzelheiten dazu, bis hin zur Entführung durch Außerirdische." Der Frage, ob Kugelblitzsichtungen auf Halluzinationen zurückgehen könnten, hervorgerufen durch gewitterbedingte elektromagnetische Felder, ist Keul ebenfalls nachgegangen. "Das können wir ausschließen. Die Felder am Ort der Beobachtung sind nie stärker als bei einer Elektrorasur." Bei den eigentlich zuständigen Atmosphärenphysikern rollt man beim Stichwort Kugelblitz trotzdem mit den Augen. "Wir schließen ihre Existenz heute nicht mehr aus", sagt Ulrich Finke von der Universität Hannover und gibt zu, daß sich empirisch orientierte Forscher trotzdem nur ungern mit dem Phänomen befassen. Die lausige Datenlage, aber auch das große Interesse notorischer Spökenkieker machen Kugelblitze nicht unbedingt zu einem Forschungsfeld, auf dem man akademische Karrieren aufbaut.

42 „Kugelblitze sind definitiv real" Unbefangener kann da der weltweit angesehene Blitzforscher Martin Uman von der University of Florida herangehen: "Kugelblitze sind definitiv real", behauptet Uman und bekennt sogleich freimütig, daß man hinsichtlich der Frage nach ihrer Natur allerdings völlig im dunkeln tappt. "Viele Wissenschaftler haben sich damit herumgeschlagen. Ich selber habe schon drei Theorien dazu veröffentlicht." An Kugelblitz-Theorien mangelt es tatsächlich nicht: Plasmawolken, verknotete Energiefelder oder Schwarze Löcher im Miniformat - wo die Empirie schweigt, da sind der Phantasie keine Grenzen gesetzt. Ein Forscher soll sogar allen Ernstes vorgeschlagen haben, Kugelblitze entstünden, wenn ein Blitz einen Vogel träfe, der dann als glühendes Aschewölkchen seine ursprüngliche Bahn noch ein paar Meter weiterfliegt. "Manche dieser Theorien sind einfach albern", sagt Uman. Alexander Keul kann da nur zustimmen: "So ziemlich jeder Quantenmurks wurde schon bemüht."

Extrem angeregte Atome

Dieses Verdikt trifft auch einen der jüngsten Erklärungsversuche, den John Gilman von der University of California in Los Angeles vor zwei Jahren in den Applied Physics Letters veröffentlichte. Demnach bestehen Kugelblitze aus extrem angeregten Atomen, deren Elektronen sich in sogenannten Rydberg-Zuständen befinden und ihre Atomkerne in Abständen von Zentimetern umkreisen. Das erkläre die geringe Dichte und damit das Schweben dieser Gebilde. Gilmans Theorie wurde von der Fachwelt umgehend in der Luft zerrissen. Am meisten Eindruck machte bisher der Erklärungsversuch der beiden neuseeländischen Chemiker John Abrahamson und James Dinniss, der im Jahr 2000 in Nature erschien. Im Labor hatten sie gezeigt, daß bei Blitzentladungen in Böden, die neben Silikaten auch organischen Kohlenstoff enthalten, Partikel aus Silizium sowie aus Siliziumcarbid entstehen. Diese neigen nun dazu, sich fadenförmig anzuordnen. Bei Kugelblitzen, so der Vorschlag der Neuseeländer, könnte es sich um 1200 bis 14oo C heiße Fussel aus solchen Siliziumfasern handeln, die durch Luftsauerstoff langsam oxydieren und dabei leuchten. Obwohl auch Abrahamson und Dinniss noch lange keinen künstlichen Kugelblitz erzeugt haben, können sie mit ihrem Modell etliches erklären, darunter auch, warum Kugelblitze manchmal still verlöschen und manchmal explodieren: Im letzteren Fall liegt die Anfangstemperatur des Fadenknäuels über dem Wert, bei dem es irgendwann schmilzt und so seine Oxydation rapide beschleunigt.

Irrlichter innerhalb von Gebäuden

Allerdings paßt auch diese Theorie nicht zu allen Kugelblitzberichten. In etwa 30 Prozent der von Alexander Keul verglichenen Fälle wurden diese Irrlichter nämlich innerhalb von Gebäuden beobachtet und in sechs bis vierzehn Prozent ohne Zusammenhang mit Gewittern. Alle diese Beobachtungen müßte man dann folglich als Täuschungen abtun, erst recht jenen berühmten Augenzeugenbericht eines britischen Elektrotechnikprofessors, der 1963 einen Kugelblitz an Bord einer Passagiermaschine über der amerikanischen Ostküste beobachtete. Martin Uman, der Blitzpapst aus Florida, möchte daher auch der Siliziumfussel-Theorie keine besondere Plausibilität einräumen: "Aus meiner Sicht hat noch niemand eine Theorie vorgelegt, die im Labor verifiziert wurde. Also ist keine besser als eine andere." Ohne die Möglichkeit, solche Theorien anhand von Beobachtungen auch zu widerlegen, können die Forscher sich freilich noch lange die Köpfe zerbrechen. Zur Vergrößerung der Datenbasis hofft Alexander Keul daher auf die fortschreitende Verbreitung von Digitalkameras, die solche Leuchtereignisse automatisch registrieren können. "Ich rufe alle Webcam- und Digicam-Nutzer auf, bei Gewitter an die Möglichkeit von Zufallsfotos zu denken", sagt Keul und verweist auf ein mögliches Kugelblitzereignis, das zwei Teenager im April 2003 in der Nähe von Chemnitz festhielten.

44

Leuchtende Bälle zwischen Himmel und Erde

Aber selbst wenn uns auf diese Weise bald kein mitteleuropäischer Kugelblitz mehr entginge, wüßten wir damit noch nicht mehr über dieses Phänomen als beispielsweise die alten Ägypter über die Natur der Sterne. Das ist natürlich auch Alexander Keul klar. "Wenn die naturwissenschaftliche Methode eine Chance bekommen soll, müßten Orte häufiger Kugelblitzentstehung identifiziert und mit Instrumenten bestückt werden." Und wenn es solche Orte aber nicht gibt? Dann wären die Naturwissenschaften, die ihre Erfolge nur dort feiern können, wo sich Phänomene experimentell manipulieren oder wenigstens kontrolliert beobachten lassen, für Kugelblitze eigentlich nicht mehr zuständig. Die leuchtenden Bälle blieben Dinge zwischen Himmel und Erde, von denen unsere Schulweisheit nur träumen könnte.

Naturphänomene

Atmosphäre Wind --- Liste der Winde und Windsysteme Sturm Orkan Hurrican Blizzard Sandsturm Schneesturm Jetstream Rossbreiten / Kalmen (permanente Windstille) Wirbelsturm Taifun Zyklon Tornado Kleintrombe Föhn (Fallwind) Niederschlag Regen Nebel Schnee Lawine Hagel Gewitter Blitz Kugelblitz Donner Wolken Wolkenbildung Wolkenformen Tau (Niederschlag) Reif (Niederschlag) Raufrost Monsun Atmosphärische Erscheinungen Regenbogen Polarlicht Meer und Wasser Wasser allgemein Wasser Tropfen Wasserstrudel Charybdis Eis Raureif Eiszapfen Eisblume (Eis) Süßwasser Fluss (Gewässer) Flusstyp Bach (Gewässer) Wasserfall Salto Angel Niagarafälle Meere Meer / Ozean Meeresströmung Gezeiten Flut Ebbe Sturmflut Springflut El Niño Tsunami Tiefsee Black Smoker Methanquelle Erde und Feuer Erde allgemein Erde Erdmagnetfeld Corioliskraft Wüsten Kältewüste Nebelwüste Küstenwüste Hammada (Steinwüste) Desertifikation Berg Gebirge Hochgebirge Mittelgebirge Gebirgsbildung Höhle Tropfstein Eishöhle (Geologie) Waldbrand Vulkanismus und Erdbeben Vulkanismus Vulkan / Vulkanausbruch Heiße Quelle Geysir Kaltwassergeysir Fumarole Mofette Solfatare Schlammtopf Thermalquelle Erdbeben Plattentektonik Weltall Sonnenfinsternis Mondfinsternis Supernova Himmelskörper Komet Meteor / Meteoroid (Sternschnuppe) Neutronenstern Pulsar Magnetar

14. Entführungen

Entführungen: durch Außerirdische

Seit nunmehr über 40 Jahre geistern Berichte durch die Medien, wonach
eine große Anzahl Menschen bei "Begegnungen der 4. Art", unter
unerklärlichem Zwang in raumschiffartige Umgebungen gebracht werden,
um dort rätselhafte und teilweise schmerzhafte körperliche und seelische
Untersuchungen und Experimente über sich ergehen zu lassen. Die
betroffenen Menschen stammen aus unterschiedlichen Ländern, Kulturen
und sozialen Schichten. Ihre Erlebnisse bieten soviel Übereinstimmung, das
man dieses Phänomen ernst nehmen muss.

Der erste Bericht über eine Entführung durch unbekannte Wesen, stammt
aus Brasilien, aus dem Jahr 1957, es handelte sich um den Sohn eines
Bauern namens Antonio Villas-Boas. Villas-Boas war ein 23 jähriger Farmer,
der in Francisco de Sales im Staat Minas Gerais in Brasilien lebte. Er
arbeitete häufig nachts, am 15. Oktober war er um ein Uhr Nachts beim
Pflügen, als er sah, wie eine eierförmige Maschine auf dem Feld landete. Er
hatte schon am Vortag und auch einige Tage davor merkwürdige Lichter am
Himmel beobachtet die sich um die Farm bewegten. Sein erster Gedanke als
er das Objekt auf dem Feld sah, war zu fliehen doch sein Traktor sprang
nicht an und als er versuchte wegzurennen, ergriffen ihn kleine Wesen und
zerrten ihn in das Objekt. Dort wurde er mit Gewalt entkleidet und mit
einer Flüssigkeit abgerieben, man nahm ihm mit einer Röhre Blut aus dem
Kinn ab. Einige Zeit später erschien eine wunderschöne Frau im Zimmer
die ihn streichelte. Er schlief mit ihr und nahm an, dass es an der
Flüssigkeit die in seine Haut eingerieben wurde lag. Bevor die Frau ihn
verließ deutete sie auf ihrem Bauch, auf Villas-Boas und anschließend mit
einer Art Lächeln zum Himmel.

Obwohl dieser Fall sehr faszinierend wegen seiner vielen Details ist, ist er
jedoch nicht der einzige dieser Art. Auch Jose´ Ignacio Alvaro behauptete am
3. März 1978 entführt worden zu sein und mit einer schönen Frau
geschlafen zu haben. In der Nacht vom 13. auf den 14. April 1979 wurde
Jocelino de Mattos entführt, und gab unter Hypnose zu, dass er mit einer
außerirdischen Frau geschlafen habe und dass man ihm auch Sperma
abgenommen habe. Sie haben ihm telepathisch angedeutet, dass sie in
friedlicher Absicht gekommen waren, um auf der Erde einige Experimente
durchzuführen.

46

Einer der wohl bekanntesten Fälle in der Entführungsgeschichte, ist die von Betty und Barney Hill am 19.September 1961. Sie berichteten, dass ihr Wagen in der besagten Nacht von kleinen, menschenähnlichen Wesen angehalten wurde. Schon vorher hatten sie einen rätselhaftes Lichtschein bemerkt und dann ein seltsames Objekt gesehen. Danach erlitten beide einen Filmriss von ungefähr zwei Stunden. Diese Erinnerungslücken sind keine Seltenheit in der Entführungsgeschichte, bei Betty und Barney Hill setzte die Erinnerung auf das Geschehene erst ein, nachdem sie einen Psychiater konsultierten weil sie nach dieser Nacht an Schlaflosigkeit, Alpträumen und Angstzuständen litten. Der Psychiater Dr. Benjamin Simon setzte sie während mehrerer Sitzungen unter Regressive Hypnose und wies sie an, einander keine Details der Erinnerungen mitzuteilen die bei Ihnen auftauchen würden. Dabei kam erstaunliches zu Tage, nachdem sie aus ihrem Wagen herausgeholt worden waren, berichteten beide Hills (unabhängig von einander) das sie gegen ihren Willen an Bord des Objekts gebracht wurden. Beide berichteten übereinstimmend das sie zu einem Tisch geführt worden sind und dort ausführliche medizinische Untersuchungen über sich ergehen lassen mussten, ähnlich einer ärztlichen Untersuchung, bei dem Ihnen Haut- und Haarproben entnommen wurden. Zudem wurde Betty eine Sonde in den Unterleib eingeführt und eine Art Schwangerschaftstest durchgeführt und Barney wurden Spermaproben entnommen. Anschließend wurden die Hills auf telepathische Weise befohlen, dem Vorfall zu vergessen.

Im Fall von Linda Cortilles (pseudonym), war sogar ein hochrangiger Politiker involviert, der die Entführung von Linda Cortilles, zusammen mit seinen zwei Leibwächtern beobachtet hatte. Es wird angenommen das es der damaligen Uno General Sekretär gewesen ist. Linda Cortilles wurde in der Nacht von 30.11.1989 aus dem Fenster Ihrer im zwölften Stock gelegenen Wohnung entführt, mehrere Leute hatten die Entführung von der Brooklyn Bridge aus beobachtet. Autos hielten urplötzlich an und konnten nicht weiter fahren unter anderem das Auto von besagtem Politiker und seiner Leibwächter. Da dieser Politiker aus verständlichen Gründen anonym bleiben wollte, gab er seinen Bericht über die Geschehnisse nur unter der Bedingung preis, dass sein Name nicht erwähnt wird, er gab sich nur als "Dritter Mann" zu erkennen. Interessant an diesem Fall ist, das der "Dritte Mann" aller Anschein nach selbst Entführt wurde, sowie einer der Leibwächter. Auch in diesem Fall ging es vorrangig um Gen-Technische-Experimente der Außerirdischen. In fast allen Fällen stellte sich durch Hypnose heraus, dass die Entführten schon seit ihrer Kindheit immer wieder Opfer der Außerirdischen waren, auch weitere Familienmitglieder wurden Opfer der Entführer. Es scheint so, als würden die Außerirdischen, systematisch ihre Opfer unter Familienmitgliedern durch Generationen hinweg aussuchen, um an ihnen Genmanipulationen oder Untersuchungen durchzuführen. Zu welchem Zweck dieses dient, kann nur spekuliert werden. Entführten erwähnen häufig, von eine Kreuzung zwischen Mensch und Außerirdischen schwanger zu sein, der Fötus wurde dann bei einer späteren Entführung entweder entnommen oder das Kind wurde ausgetragen. Bei weiteren Entführungen kommen die Opfer mit ihren Sprösslingen manchmal in Kontakt.

Es gibt auch vielfach physikalische Beweise für die Entführung,
z.B. Implantate die durch Ärzte entdeckt wurden während einen
Röntgenaufnahme, oder Narben die übernacht entstanden sind,
ohne dass das Opfer sagen kann woher sie stammen. Bei
manchen Opfern wurde auch eine Schwangerschaft festgestellt,
die nach dem zweiten oder dritten Monat, plötzlich ohne das es
zu einen Abbruch oder Fehlgeburt kam auf unerklärliche weise
beendet war, so als hätte es die Schwangerschaft nie gegeben.
Die Außerirdische Konfrontation wird von einer großen
Mehrheit gleichlautend geschildert. In der Übersicht Illobrand
von Ludwigers: Inbesitznahme des/der Zeugen (durch
Lichtstrahl, hypnotische Kraft, Schweben usw.); Untersuchung (auf
einem Tisch, mit Sensoren, Instrumenten; Probenentnahme,
Punktion, Implantat usw.); Unterhaltung (meist telepathisch);
Reise/außerplanetarische Ausflüge; Theophanie (Gottes- oder
spirituelle Offenbarung); Rückkehr (mit Ausgangs-Amnesie,
Zeitverlust usw.); Nachwirkungen (Gedächtnisverlust, Schock,
Wunden, Symptome wie bei Strahlenkrankheit usw.). Im
Gegensatz zu weitverbreiteter Meinung, die Entführten wollen
sich nur wichtig machen, halten sich die meisten Entführten sehr
zurück um sich nicht der Lächerlichkeit und dem Spott der Leute
auszusetzen, deswegen liegt der Dunkelziffer der Entführten
wahrscheinlich sehr viel höher. Zudem ist es auch kein
Wunschdenken der Entführten, da kein echter Abductee sich
einer Wiederholung des Erlebten wünscht. Die Meisten leiden
unter Angstzustände nach dieser Konfrontationen. Eines ist klar,
das Ufo und das Ufo-Entführungsphänomen,ist ein Thema das
noch sehr viel Erforschung bedarf.

Außerirdische Präsenz

Wie groß ist denn die Wahrscheinlichkeit, dass es Leben jenseits unseres Sonnensystems geben könnte? Aus heutiger Sicht ist sie sehr groß. Leben gilt als zwangsläufige Folge einer chemisch-physikalischen Konstellation, wie sie auf der Urerde bestand – aber vermutlich auch an sehr vielen anderen Orten im Universum. Die Existenz von Planeten außerhalb unseres Sonnensystems ist bewiesen. Die Zahl der Planeten, die als Wiege des Lebens in Frage kommen, geht in die Billionen.

Sind interstellare Distanzen durch Raumfahrzeuge überhaupt überbrückbar? Mit den von irdischen Sonden erreichten Geschwindigkeiten wären Raumschiffe zu sonnenähnlichen Nachbarsternen zigtausende von Jahren unterwegs.

Unserer eigenen Spezies ist es nach dem Aufblühen einer technischen Kultur in weniger als hundert Jahren gelungen, sozusagen von der Pferdekutsche in die Mondrakete umzusteigen. Und da sollte eine technische Zivilisation, die vielleicht unvorstellbare Millionen oder gar Milliarden Jahre Bestand hatte, nicht in der Lage sein, interstellare Raumfahrt zu betreiben auch unbemannte.

Gibt es ernst zu nehmende Anzeichen dafür, dass wir schon einmal Besuch aus der Ferne hatten? Durch Radaraufzeichnungen bestätigte optische Beobachtungen unbekannter Flugobjekte kann man kaum ignorieren. 1989 und 1990 tauchten über Belgien große dreieckige, beleuchtete Flugkörper auf, deren Existenz Hunderte von Augenzeugen bestätigten und die photographiert und gefilmt wurden. Bei wiederholten Versuchen belgischer Abfangjäger, sich den Dreiecken zu nähern, registrierten die Piloten abrupte Ausweichmanöver, extreme Beschleunigungen und plötzliche Wechsel der Flughöhe. Die belgische Luftwaffe teilte der Öffentlichkeit nach Auswertung der Radaraufzeichnungen mit, es gebe kein irdisches Fluggerät, das derartige Manöver vollführen könne, eine Vortäuschung des Phänomens durch ungewöhnliche atmosphärische Bedingungen oder dergleichen sei auszuschließen.

Diese Ereignisse sind technisch so gut dokumentiert, dass die Hypothese, es habe sich bei den Dreiecken um Geräte außerirdischer Herkunft gehalten, begründbar und potentiell erkennbar ist, denn ein bislang unerkannter irdischer Verursacher ließe sich auch im Nachhinein entlarven. Die seinerzeit von einigen angesehenden zeitungen vefälscht und ins absurdum Zensiert würden (und bis heute gern zitiert wird) Erklärung, es seien „experimentelle Ultraleichtflugzeuge" im Spiel gewesen, ist dagegen nicht einmal ansatzweise mit den Beobachtungsdaten in Einklang zu bringen also völlig losgelöst von der Logik. Die weitaus meisten Wissenschaftler bemühen sich stattdessen, ihre wissenschaftlichen Sphären gegen Besucher aus dem All abzuschotten dies betrifft insbesondere das so genannte UFO-Phänomen. Die Beschäftigung mit UFOs gilt als Domäne von Fälschern und Phantasten .Diese derartigen beschimpfungen überhört ein UFO-Forscher weil es nicht von bedeutung ist und was die Phantasten angeht sei dahingestellt in den eigenen reihen.Denn Schwarze Schafe gibt es in jeder Branche. Mit der Begründung das unerklärte Vorgänge in unserer Atmosphäre könnten in manchen Fällen durch außerirdische Technik verursacht worden sein, ist danach naturwissenschaftlich gar nicht zulässig oder unmöglich,Sie irren sich einfach absurd.und idiologisch ungenügend.Schade. Fact ist einige heutige Wissenschaftler sind auf dem falschen Dampfer unterwegs, Sie müssen sich der Wahrheit einig werden und gehörig Reformieren.

Im gegensatz zum Vatigan der Katholischen Kirche wiederum
anderer Meinung ist bzw.dies der Schöpfung zuordnet.Was die
sonderbaren seltsamen aktivitäten in der Geschichte und
Vergangenheit betrifft was die heutige Wissenschaft der
Gelehrten bis heute einräumt und zugibt das die Erde keine
Scheibe ist sondern eine Kugel,was für ein "Quantensprung"
selbstverständlich Ironisch gemeint.Fakt: ist weil die ständige
ignoranz der einen der Wissenschaft und die Sie anwenden,
Praktizieren und Lehren oder verschiedener Wissensgebiete
nur eine gegenseitigen austausch der gemeinsamen
Zusammenarbeit uns alle nur weiter bringt aber auch oft
verhindert wird durch eigenbrödler,Spinner und Skeptiker am
Werk sind oder nicht zu stande kommt.Sehr Schade. Wären
Besucher von einem fernen Sonnensystem möglicherweise an
einem Wissensaustausch mit uns interessiert? Wer interstellar
reist, wird sich sämtliche Informationen über unseren Planeten
und seine Bewohner beschaffen können, ohne eigenes Wissen
oder technisches Know-how preisgeben zu müssen. An
diplomatischen Kontakten mit einer Spezies, die bei Konflikten
Nuklearwaffen und verückte Wissensgelehrte einsetzt und der
Biosphäre ihres eigenen Planeten den Garaus macht, dürfte
solchen Fernreisenden kaum gelegen sein. Die unsinnige rigide
Geheimhaltung und der Waffensprache auf der Erde ist falsch
und raft alle erungenden erkenntnisse der Menschheit dahin und
ins verdärben. Ist es den von nöten und Wichtig ein Gelehrter
der Wissenschaft oder Normaldenker su sein um die Wahrheit
ins Auge zu schauen und zu erkennnen. NEIN.

52

15.- Area 51

Die »Area 51«, inmitten der Wüste des U.S.-Bundesstaates Nevada gelegen, ist das geheimste militärische Testgelände der Welt. Dort, verborgen hinter hohen Berggipfeln, testen Militär und Geheimdienste modernste Technologie, die weit jenseits unseres Vorstellungsvermögen liegt und deshalb von Insidern auch als »Alien Technology« bezeichnet wird.

Einführung : Roswell / Area 51

60 Jahre nach dem angeblichen UFO-Absturz von Roswell ist der Fall wieder in aller Munde. Auf seinem Sterbebett bekräftigte der Presseoffizier, der 1947 die Meldung über den Fund eines UFOs verbreitete, seine damalige Aussage: Es waren Außerirdische!

Vor 60 Jahren wurde in den USA einer der größten Mythen des UFO-Zeitalters geboren: 1947 stürzte angeblich über Roswell, New Mexico, ein UFO ab. Verschwörungsfreunde sind seitdem sicher: Die amerikanischen Streitkräfte bargen das Raumschiff samt außerirdischen Leichen und starteten eine aufwändige Kampagne, um die Vorgänge vor der Weltöffentlichkeit zu vertuschen. Das US-Militär gab damals eine Pressemitteilung heraus, dass man im Besitz einer fliegenden Untertasse sei, die nahe Roswell abgestürzt war. Nur einen Tag später jedoch wurde diese Meldung hektisch revidiert: Lediglich einen Wetterballon habe man gefunden, von dem UFO wurde nicht mehr gesprochen. Erstaunlicherweise gab sich die Öffentlichkeit damit über Jahrzehnte zufrieden. Erst Ende der 70er Jahre begann der eigentliche Mythos um Roswell und das vermeintlich abgestürzte Flugobjekt.

UFOForscher

werfen seitdem der USA eine gewaltige Verschwörung und Vertuschung vor und diskutieren bis heute heftig über das Thema. 1994 gestand das US-Militär, dass die Geschichte mit dem abgestürzten Ballon eine Lüge war. Es habe sich um ein Teil des Projektes "Mogul" gehandelt, dass damals abgestürzt sei. Bei "Mogul" handelte es sich um eine streng geheimes Spionageprogramm, um in den obersten Schichten der Atmosphäre russische Atomtest auszukundschaften. UFO-Experten blieben weiterhin skeptisch. 1995 erklärten die USA, dass die angeblichen Alien-Leichen in Wahrheit Crashtest-Dummys waren. Diese, zwischen 1954 und 1959 abgeworfenen Puppen, wurden von der Bevölkerung für Aliens gehalten und mit dem angeblichen Roswell-UFO im Jahr 1947 in Verbindung gebracht. Umstritten sind einige Punkte bis Heute !

CIA & NSA

Die verbindung mit NSA -"National Security Agency" und dem UFO-Absturz von Roswell 1947.

Der damalige auslöser und die Gründung der hier genannten US-Geheimdienste bzw. nach der bestehenden CIA war die NSA voller Name lautet: "National Security Agency". Die NSA wurde anfangs nur aus einen Grund gegründet wegen der angeblichen bestehenden realen Außerirdischen Gefahr und dem UFO-Absturz von Roswell 1947 und der sorge der Nationalen Sicherheit in den Vereinigten Staaten. Am 4. November 1952 schuf Präsident Truman durch Geheimen Präsidentenbefehl die supergeheime "National Security Agency" (Nationaler Sicherheitsrat). Ihr eigentlicher Zweck war die Dekodierung von Außerirdischer Kommunikation und Sprache und die Kontaktaufnahme mit den Außerirdischen. Diese höchst dringliche Aufgabe stellte die Fortsetzung früherer Bemühungen dar und wurde mit dem Decknamen "Sigma" versehen. Die Aufgabe der NSA bestand darin, weltweit alle Kommunikationen und Aussendungen zu überwachen, unabhängig von ihrem Ursprung, irdisch oder außerirdisch, zum Zweck der Zusammenstellung nachrichten dienstlicher Informationen und um die Anwesenheit der Außerirdischen zu tarnen. Project Sigma war erfolgreich. Die NSA unterhält außerdem Kontakte mit der Basis LUNA und anderen geheimen Raumprojekten. Durch diesen Präsidentenbefehl steht die NSA außerhalb aller Gesetze, die die NSA nicht gesondert erwähnen, die aber Grund dieser Gesetze ist. Die NSA nimmt heute viele andere Aufgaben wahr und ist tatsächlich die wichtigste Stelle innerhalb der Nachrichtendienste. Die NSA erhält heute 75% der den Nachrichtendiensten zugeteilten Gelder. Das alte Sprichwort "Das Geld geht immer zur Macht" trifft auch hier zu. Der Direktor der CIA ist heute nicht mehr als ein Aushängeschild , das man lediglich der Öffentlichkeit zuliebe unterhält. Die eigentliche Aufgabe der NSA ist heute immer noch Außerirdische Kommunikation, schließt aber jetzt noch andere Aufgaben ein. Seit dem Roswell-Ereignis hatte Präsident Truman nicht nur unsere Alliierten, sondern auch die Sowjetunion über die Entwicklung des Außerirdischen Problems auf dem Laufenden gehalten. Dies geschah für den Fall, daß die Außerirdischen sich zu einer Bedrohung der menschlichen Rasse entwickeln sollten. Pläne wurden erarbeitet, um die Erde im Fall einer Invasion verteidigen zu können.

Area 51+Astronauten sahen UFOs+Gefälschte Alien-Autopsie+ Paar von Aliens entführt?+UFO-Absturz von Roswell Einer der es genau wissen muss, ist Walter G. Haut. Haut war 1947 jener Presseoffizier der US-Armee, der die Meldung über den Fund eines UFOs verbreitet. Haut starb im Dezember 2005. Jedoch gab er vor seinem Tod am 26. Dezember 2002 eine eidesstattliche Erklärung zum Roswell-Vorfall ab, die nun von den Autoren Donald R. Schmitt und Thomas J. Carey in ihrem Enthüllungsbuch "Witness to Roswell" (2007) veröffentlicht wurde. In seiner notariell beglaubigten Erklärung behauptet Haut, dass die Streitkräfte im Juli 1947 tatsächlich ein Raumschiff gefunden hätten. Zudem bestätigt er die Gerüchte, dass dabei auch außerirdische Leichen entdeckt worden seien. Doch damit nicht genug: Der Presse-Offizier enthüllt, was unter Ufologen schon lange vermuteten: Es gab noch eine zweite Absturzstelle! Zudem seien viele der Fundstücke mit unbekannten Symbolen gekennzeichnet gewesen, die kein Experte identifizieren konnte. Weiter erklärt Haut, dass von höchster Stelle beschlossen wurde, die Absturzstelle bei Roswell in den Medien zu bestätigen um so von der "wichtigeren Absturzstelle nördlich der Stadt" abzulenken. Später habe Haut selber das geborgene UFO gesehen. Es war eiförmig und nicht sehr groß, etwa 4 Meter lang. Weder Fenster noch Flügel waren zu erkennen und die Oberfläche wirkte wie Metall. Auch die Leichen der Insassen habe Haut zu Gesicht bekommen. Sie seien mit einer Plane bedeckt gewesen, nur ihre Köpfe lagen frei. Etwa 1,20 Meter groß seien die Körper gewesen - die Köpfe jedoch größer als die normaler Menschen. Haut weiß in seiner Erklärung auch zu berichten, dass zwei Einheiten noch nach Monaten an der Absturzstelle regelmäßig die Gegend nach weiteren Trümmern absuchten. Sämtliche Spuren sollten beseitigt werden. UFO-Absturz von Roswell Für Haut war der Fall klar. Er ist bis zu seinem Tod überzeugt gewesen, dass das Objekt aus dem Weltraum kam und die von ihm gesehenen Leichen Außerirdische waren. Somit ist exakt 60 Jahre nach den Ereignissen von Roswell das Thema wieder in aller Munde. Skeptiker und Roswell-Fans haben neues Futter für Diskussionen.

Allein in unserer Galaxis gibt es über 400 Milliarden Sterne. Wenn nur ein Prozent dieser Sterne Planeten hat, und wenn nur ein Prozent dieser Planeten Leben hat, und wenn davon wiederum nur ein Prozent intelligentes Leben hat, dann müsste es da draußen Tausende Zivilisationen geben ! (frei zitiert nach Carl Sagan, Astronom, SETIResearcher and Autor)

UFO`s und Außerirdische; Vielleicht besuchen sie die Erde schon seit Tausenden von Jahren, finden aber in unserer materialistischen und egozentrischen Welt keine allgemeingültige Akzeptanz. Seit das Ufo-Phänomen in den letzten fünf Jahrzehnten immer größeres Ausmaß annimmt, erscheinen sie jedoch immer Realistischer. Für mich besteht kein Zweifel mehr, dass UFO`s tatsächlich existent sind und teilweise unter Kontrolle extraterrestrischer Intelligenz stehen! Wieso sind wir so arrogant-vermessen zu glauben, wir seien allein? Es gibt augenscheinlich mehr Beweise über die Existenz Außerirdischer, als ausreichend wären, einen Straftäter vor Gericht zu überführen und zu verurteilen. Millionen Menschen auf der ganzen Welt haben UFO`s beobachtet. Zahllose Fotografien, Filme und Videoaufzeichnungen von UFO`s wurden durch wissenschaftliche Tests für echt erklärt. Radar-Sichtungen erbringen ebenfalls seit Jahren unumstößliche Beweise. Aber die Bewohner der Erde glauben lieber an ein höheres imaginäres Wesen, als an Dinge, die tagtäglich weltweit von Tausenden Menschen mit eigenen Augen gesehen werden.

Existenz von UFOs

"Zehn Regierungen haben nun öffentlich zugegeben, daß UFOs existieren und real sind - Frankreich, Norwegen, Schweden, Brasilien, Argentinien, Venezuela, Mexiko, Philippinen, Peru, Grenada. Andere Regierungen wissen, daß UFOs existieren, geben dies aber nicht öffentlich zu."

"Es gibt Berichte darüber, daß die USA und UdSSR 1971 einen Vertrag unterschrieben, UFO-Informationen auszutauschen, aber den Rest der Welt im Dunkeln zu lassen. Ich glaube, der Vertrag wurde unterschrieben, damit keine der Großmächte den Fehler macht, UFOs für Atomraketen zu ha

Area 51 Geheimes Militär Gelände der US Streitkräfte in
Bundesstaat Nevada / USA
Nun ist es Offiziell August 2013, wurde von der Amerikanischen
Regierung bekannt gegeben das es die Geheimbasis Area 51 des
US-Militär gibt. USA bestätigen Existenz von "Area 51"
Sie ist der Sehnsuchtsort der Ufo-Gläubigen: "Area 51" in der
Wüste von Nevada. Hier sollen Überreste von 1947 bei Roswell
abgestürzten Aliens lagern. Die CIA hat nun die Existenz der
Area bestätigt.

Roswell
Vor über 60 Jahren soll ein außerirdisches Raumschiff in Roswell, New Mexico,
abgestürzt sein. Das zumindest besagt ein Pressebericht vom 8. Juli 1947, laut dem der
Fund von der amerikanischen Armee gemeldet worden sein soll. Zwar erklärte sie
noch am selben Tag, es habe sich lediglich um einen abgestürzten Wetterballon
gehandelt, trotzdem fanden die Spekulationen damit kein Ende.
Die fliegende Untertasse von Roswell.
Am 14. Juni 1947 soll der Rancher William Brazel Trümmerteile auf seiner Farm, etwa
100 Kilometer außerhalb der Stadt Roswell im amerikanischen Bundesstaat New
Mexico, gefunden haben. Nachdem Brazel Anfang Juli Gerüchte über unbekannte
Flugobjekte gehört hatte, meldete er seinen Fund am 7. Juli an den Sheriff des Ortes.
Der wiederum kontaktierte die Verantwortlichen der lokalen Militärbasis.
Angehörige der US-Streitkräfte sammelten daraufhin die Trümmerteile zu
Analysezwecken ein. Der Fund wurde der Presse mitgeteilt und die Lokalzeitung
Roswell Daily Record veröffentlichte einen Bericht, wonach die Armee ein
abgestürztes UFO geborgen habe.

Noch am selben Tag erklärte ein Sprecher der Armee zwar, es habe sich lediglich um
Fragmente eines abgestürzten Wetterballons gehandelt. Wie bei
Verschwörungstheorien üblich, konnte das Dementi aber nicht verhindern, dass sich
die Geschichte nach und nach um den ganzen Erdball verbreitete. In den über 60
Jahren seit dem Pressebericht schafften es Roswell und das vermeintliche UFO, Teil
der Popkultur zu werden. Das Thema wurde in Büchern, Filmen und Serien
behandelt.
Facit: Die Amis und die US-Regierung müssen es ja wissen und die Wahrheit kennen,
besonders die direkten Augenzeugen,Bundespolizei,FBI und die beschlagnahmten UFO
Trümmerteile mit Insassen vom Absturz-Ort von der US-Army und der Geheimen
Sonderkommision der amerikanischen Streitkräfte vor Ort, abtransportiert wurden
mit Geheimen und unbekannten Ziel einer US-Forschungseinrichtung und oder:
Militärbasis in den USA.

In der Wüste von
Nevada ranken sich seit Jahrzehnten viele Gerüchte - nun hat
der US-Geheimdienst CIA Offiziell die Existenz des Gebiets
bestätigt. Die jetzt freigegebenen Dokumente enthalten auch eine
Landkarte, die den Standort der militärischen Sperrzone zeigt,
wie der Sender CNN in der Nacht zum Freitag berichtete. Von
Außerirdischen oder "Fliegenden Untertassen" sei darin zur
Enttäuschung von Verschwörungstheoretikern und Ufologen
allerdings nicht die Rede.Damit konnte mann ja auch wieder mit
rechnen,warum:weil das der bzw. die Nationalen Sicherheit
gefährden könnte und unterliegt immer noch der strengsten
Geheimhaltungsstufe in den Vereinigten Staaten. Ohnehin gehe
aus den Unterlagen hervor, dass "Area 51" für eher
unspektakuläre Zwecke genutzt worden sei. Der Standort rund
200 Kilometer nordwestlich der Casino-Metropole Las Vegas
sei bloß ein Testgelände für die Spionageflugzeuge U-2 und
Oxcart während des Kalten Krieges gewesen.
Bild:Siehe untere Landkarte-Quelle: © The National
Security Archive/CIA/DPA.

58

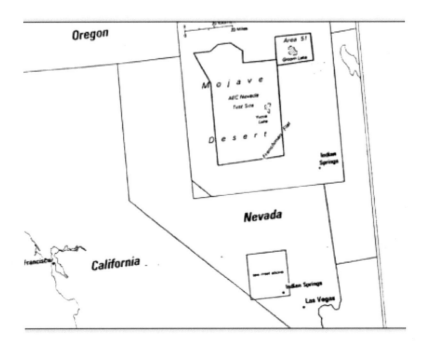

Die Dokumente waren auf Antrag des Forschers Jeffrey T. Richelson vom Nationalen Sicherheitsarchiv der George Washington Universität freigegeben worden, wie es weiter hieß. Ufologen sind überzeugt, dass "Area 51" die Überreste von Aliens beherbergt, die nach dem Absturz einer "Fliegenden Untertasse" 1947 nahe der US-Kleinstadt Roswell geborgen worden seien. Viele Bücher, Filme und Serien nahmen sich des Themas an, darunter etwa Roland Emmerichs "Independence Day" von 1996. Eine andere Version besagt, dass die 1947 gefundenen Überreste zu einem neu entwickelten Fernaufklärungsballon gehörten, dessen Existenz während des Kalten Krieges unbedingt geheim bleiben sollte. Nun, in Zeiten, in denen die Geheimdienste von Abhörskandalen gebeutelt sind, hat sich der CIA endlich zur Aufklärung bereit erklärt. Es gibt sie wirklich. Nein, nicht die Ufos. Auch nicht die Aliens. Aber die „Area 51". Jüngst veröffentlichte Geheimdokumente schildern detailliert die Lage des Gebiets und sogar das, was sich dort tatsächlich zugetragen hat. Gut: Offiziell gibt es jetzt die Area 51 aber das hat überhaubt nichts mehr zu sagen,das war ja vorher auch schon seit sechzieg Jahren bekannt als Geheime Labor und Militärbasis.(Die Vereinigten Staaten haben wieder einmal bewiesen das Sie eine Primitive Vertuschung und Ablenkungsstrategie inzsiniert haben,und von wahren begebenheiten und Gründen abzulenken "Typisch").Zitat Ende.Bild:Siehe untere Landkarte-Quelle: © The National Security Archive/CIA/DPA.

16.Mythos Roswell

„Die Gerüchte über fliegende Scheiben sind gestern Realität geworden." – Bis heute ist nicht ganz klar, was Walter Haut, Presseoffizier des Luftwaffenstützpunkts Roswell im US-Bundesstaat New Mexico, zu dieser Äußerung veranlasste. Sicher ist nur, dass Hauts Erklärung vom 8. Juli 1947 den Ausgangspunkt bildete für den wohl bekanntesten UFO-Mythos: In jenen Sommertagen sollen Außerirdische in der Nähe von Roswell gelandet sein – ein Ereignis, das, so will es die Legende, von den USBehörden

bis heute verheimlicht wird.

Tatsächlich hatten die US-Militärs seinerzeit allen Grund, die Ereignisse rund um den Roswell-Stützpunkt zu verschleiern. Was da Anfang Juli auf dem Feld des Schafzüchters Mac Brazel niederging, war zwar keine fliegende Untertasse, dafür aber barg der zunächst unbekannte Flugkörper in Zeiten wachsender sowjetischamerikanischer

Spannungen jede Menge Sprengkraft. Schnell hatten die herbeigerufenen Militärs nämlich erkannt, dass der Haufen aus Gummi, Klebeband und Aluminiumfolie zu einem Ballon gehörte, den die Air Force kurz zuvor gestartet hatte - als Teil eines hoch geheimen Projekts, mit dem die sowjetische Atomrüstung ausspioniert werden sollte.

60

Möglich, dass den Militärs sogar ein UFO lieber gewesen wäre als die Wahrheit über den eiligst abtransportierten Fund. Vielleicht liegt hier das Motiv für Hauts merkwürdige Erklärung.

Doch als in der Folge die Telefonleitungen des Stützpunkts von besorgten Anrufern blockiert wurden, beeilte man sich, die Äußerungen des Presseoffiziers zu widerrufen: Die vermeintliche fliegende Scheibe sei in Wirklichkeit ein harmloser Wetterballon. Eine Erklärung, mit der sich die Öffentlichkeit schließlich zufrieden gab – Roswell verschwand aus den Schlagzeilen.

30 Jahre später kehrte es mit einem Paukenschlag zurück. Charles Berlitz, ein selbst ernannter Spezialist in Sachen Unerklärbares, veröffentlicht 1980 „The Roswell Incident" – und machte Roswell damit quasi über Nacht populär. Berlitz präsentierte angebliche Augenzeugen, die von einem Raumschiff berichteten, von abtransportierten Alien-Leichen und einem großen Komplott der US-Behörden, die den Fall vor der Öffentlichkeit vertuschen wollten.

Sechs Jahre zuvor hatte Berlitz mit einem anderen Buch schon einmal einen Mythos begründet – den vom Bermuda-Dreieck. Und so, wie er seinerzeit zu den Bermuda-Katastrophen auch Schiffe zählte, die nachweislich nie im Dreieck verkehrten, erwiesen sich auch seine „Augenzeugen" im Fall Roswell als wenig überzeugend. Spätere Prüfungen brachten zahlreiche Ungereimtheiten zutage: So erwies sich etwa eine Krankenschwester, die die Alien-Leichen im Hospital gesehen haben wollte, als glatte Erfindung eines „Zeugen". Trotzdem – einmal in die Welt gebracht, erwies sich der Roswell-Mythos als erstaunlich zäh. So zäh, dass sich die US-Luftwaffe veranlasst sah, 1995 und nochmals 1997 Erklärungen über den tatsächlichen Hergang des Absturzes zu veröffentlichen. Seither wissen wir, was in Roswell geschah - doch es ist nicht das, was die UFOGläubigen gerne hören möchten. Und so geht das Spekulieren weiter – über ein Raumschiff, seine Besatzung und deren Auftrag. Und über eine Regierung, die die Weltöffentlichkeit mit falschen Daten an der Nase herumführt. Aber so etwas gibt es ja zum Glück nur im Reich der Legenden....oder ?

Und der Kalte Krieg

Waren es die Russen, die Amis oder doch die Aliens?
Nichts eignet sich so wunderbar für Verschwörungstheorien wie
die Ufologie. Die fliegenden Untertassen tauchten ausgerechnet
mitten in den kritischsten Regionen auf: Über dem Weißen Haus,
bei Raketentests und eigentlich überall, wo militärische
Geheimhaltung angesagt war. Jeder verdächtigte den Gegner oder
eine andere Militärabteilung, hier etwas Neues ohne Absprache zu
testen. Oder wollten die Außerirdischen uns noch schnell
besichtigen, bevor wir uns mit Atomraketen komplett ausrotten?
Wieso wurden in den Zeiten des Kalten Kriegs so viele Ufos
(Unbekannte Flug-Objekte) gesichtet? Und wieso wurden diese
Sichtungen erst genau protokolliert und dann doch wieder
dementiert? War Area 51 ein militärisches Testgelände oder wurden
dort Ufos nachgebaut? Und was ist aus den tatsächlich
konstruierten "Flugscheiben" geworden?
Und Spezialflugzeug voller Kameras sollte UFOs filmen
Die ersten Ufos tauchten 1947 ausgerechnet über dem Atomlabor
Oak Ridge auf, wo das Material für die Atombomben gewonnen
wurde. Ebenso an Raketentestgeländen. Die Soldaten beschwerten
sich über Flugscheiben und grüne Bälle, ebenso Anwohner. Die
klassische Ufo-Bauform wird beschrieben: scheibenförmig,
metallisch, lautlos und ohne Kondensstreifen, mit einer Kuppel und
Lichtern rundum.
Zunächst verdächtigen sich US-Army, US-Navy und US-Luftwaffe
gegenseitig, sich mit den unbekannten Objekten wechselweise zu
beobachten. Dann gelangen Ufos auch auf Filme von Raketenstarts.
Doch alle Filme werden sofort abtransportiert – und im Gegensatz
zu denen der Atombombentests schon bald aus angeblichem
Platzmangel vernichtet.

Dann wurden die Sowjets als Urheber verdächtigt, da in Schweden, Finnland und Norwegen 1946 monatelang viele "Geisterraketen" eingeschlagen waren – angeblich zigarrenförmige Flugobjekte, die aber vermutlich Meteore waren. Doch von den in Seen abgestürzten "Geisterraketen" ist nichts zu finden, obwohl sie Fensterscheiben zerspringen ließen. Taucher haben die Schweden zu dieser Zeit noch nicht. Bomber und schwedische Militärmaschinen können die schnellen Flugobjekte nicht verfolgen. Das schwedische Militär sucht nach "Geisterraketen" oder "Spukraketen" Sollte eine Massenpanik ausgelöst oder das Frühwarnsystem lahmgelegt werden? War es psychologische Kriegsführung? Sind Ufo-Interessierte Kommunisten, die das System untergraben wollen? Jedenfalls sind sie nicht diejenigen, die die größte Panik im Land haben. 1952 wurden Ufos am Washingtoner Flughafen und über dem Weißen Haus gesehen. Die Air Force setzt die größte Pressekonferenz nach dem II. Weltkrieg an und gibt Temperaturinversionen als Erklärung an. Doch die Objekte bewegen sich deutlich über Schallgeschwindigkeit und die Radarleute sagen, Temperaturinversionen schauen anders aus. Sowohl Russen wie Amerikaner forschen an Flugscheiben und Antigravitation, wollen also ihre eigenen Ufos bauen. Funktioniert hat dies nicht. Von 1954 bis 1960 werden Ufos in 20 bis 23 km Höhe von Piloten gesehen. Das sollen die U2-Aufklärungsflugzeuge gewesen sein, die anfangs silbern war. Nur können die U2-Flugzeuge nicht plötzlich in der Luft anhalten oder die Richtung wechseln.

Als auch noch Ufos über dem weißen Haus auftauchen, erhalten Abfangjäger den Befehl zum Abschuss Für die Sowjets sind die U2 und amerikanische Spionageballons jedoch echte unbekannte Flugobjekte, die am Radar auftauchen und von Piloten gesehen werden. Auch eigene Raketentests sind teils so geheim, dass sie in anderen Abteilungen des Militärs heillose Verwirrung stiften. Piloten, die Ufos sehen, werden bei den Sowjets degradiert. Insgesamt sind 3400 Ufosichtungen von Zivil- und Militärpiloten bekannt – es muss also ein echtes Phänomen zugrunde liegen, ob nun ein physikalisches oder ein psychologisches. Im Herbst 1989 ist Ufo-Jagd in Belgien angesagt. Sie sind auf Fotografien, auf den Radarschirmen und auf Videos. Doch heute können sich Wissenschaftler, die ihre Karriere nicht an den Nagel hängen wollen, nicht mehr ernsthaft mit dem Thema Ufos beschäftigen. Das führt sicher dazu, dass die Meldungen nachgelassen haben. Aber ist es der einzige Grund?

Real ist allerdings die Dokumentenspur, die Ufos seit dem II. Weltkrieg bei US-Militär und -Geheimdiensten hinterlassen haben. Auf mehreren tausend Seiten ist dokumentiert, dass das scheinbar "lächerliche" Thema von offiziellen Stellen offenbar sehr ernst genommen wurde. Hochrangige Militärs waren sich in den 50er Jahren sicher, dass Ufos real sind, viele befürchteten, dass sie sowjetische Geheimwaffen sein könnten, einige vermuteten, dass sie von Außerirdischen gesteuert werden. Als in Redmond, Oregon 1959 ein Ufo über der Stadt schwebt, schickt die US-Air Force F-89-Abfangjäger Wie passt die öffentliche Behandlung des Themas mit der internen Besorgnis zusammen? Die Antwort ist sehr einfach. Sie bedingen sich gegenseitig. Die Politiker und Sicherheitskräfte in den USA witterten hinter den Ufos einen sowjetischen Geheimplan, um das US-Frühwarnsystem mit Fehlmeldungen zu verstopfen. Dabei schafften das menschliche und Computerfehler auch so. Wichtigstes Ziel der offiziellen Stellen war, die Bevölkerung nicht zu verunsichern, die Anzahl der Sichtungsmeldungen zu reduzieren und das Thema in der Medienberichterstattung in der Boulevard- und "Vermischtes"-Kategorie zu platzieren, wenn es denn überhaupt auftauchen sollte. Dieses Ziel wurde systematisch verfolgt und verwirklicht. Durch Expertenkommissionen, die zu den erwünschten, vorgefassten Ergebnissen kamen, und Methoden, die von der CIA heute als "Information Management" bezeichnet werden.

Real ist allerdings die Dokumentenspur, die Ufos seit dem II. Weltkrieg bei US-Militär und -Geheimdiensten hinterlassen haben. Auf mehreren tausend Seiten ist dokumentiert, dass das scheinbar "lächerliche" Thema von offiziellen Stellen offenbar sehr ernst genommen wurde. Hochrangige Militärs waren sich in den 50er Jahren sicher, dass Ufos real sind, viele befürchteten, dass sie sowjetische Geheimwaffen sein könnten, einige vermuteten, dass sie von Außerirdischen gesteuert werden. Als in Redmond, Oregon 1959 ein Ufo über der Stadt schwebt, schickt die US-Air Force F-89-Abfangjäger Wie passt die öffentliche Behandlung des Themas mit der internen Besorgnis zusammen? Die Antwort ist sehr einfach. Sie bedingen sich gegenseitig. Die Politiker und Sicherheitskräfte in den USA witterten hinter den Ufos einen sowjetischen Geheimplan, um das US-Frühwarnsystem mit Fehlmeldungen zu verstopfen. Dabei schafften das menschliche und Computerfehler auch so. Wichtigstes Ziel der offiziellen Stellen war, die Bevölkerung nicht zu verunsichern, die Anzahl der Sichtungsmeldungen zu reduzieren und das Thema in der Medienberichterstattung in der Boulevard- und "Vermischtes"-Kategorie zu platzieren, wenn es denn überhaupt auftauchen sollte. Dieses Ziel wurde systematisch verfolgt und verwirklicht. Durch Expertenkommissionen, die zu den erwünschten, vorgefassten Ergebnissen kamen, und Methoden, die von der CIA heute als "Information Management" bezeichnet werden

17.Bermuda Dreieck

Todeszone im Atlantik: Das Bermuda-Dreieck

Im Dezember 1945 kommt über dem Atlantik eine amerikanische Fliegerstaffel vom Kurs ab. Die fünf Torpedo-Bomber verschwinden spurlos. Das Bermuda-Dreieck wurde schon für viele Piloten und Seefahrer zur Todesfalle. Tausende von Wracks sollen auf dem Meeresgrund ruhen. Welche Ursachen verbergen sich hinter den zahlreichen Unglücksfällen?

Die Tragödie vom 5. Dezember 1945

Mittwoch, 5. Dezember 1945. Um 14.14 Uhr brechen fünf Avenger Torpedo-Bomber der amerikanischen Luftwaffe von ihrem Stützpunkt bei Fort Lauderdale zu einem Übungsflug auf. Leutnant Charles Taylor leitet "Flight 19". Plötzlich verliert die gesamte Gruppe die Orientierung. Der Tower erhält einen Notruf des Schwarm-Führers. Dann bricht die Verbindung zum Kontrollturm ab. Der Funkverkehr zwischen den Maschinen kann jedoch weiter verfolgt werden. Die Lotsen hören mit, wie die Piloten verzweifelt versuchen, ihre Position zu bestimmen. Schließlich verschwinden alle fünf Bomber spurlos.

Die geplante Flugroute des verschollenen "Flug 19" wurde als das Bermuda-Dreieck weltbekannt. Die 450.000 Quadratkilometer Atlantischer Ozean zwischen Miami, Bermuda und Puerto Rico sind dafür berüchtigt, dass mehr Flugzeuge und Schiffe verunglücken als anderswo auf der Erde. Viele der Unfälle können vermutlich auf menschliches Versagen, Materialfehler oder extreme Wetterbedingungen zurückgeführt werden.

Mythos Bermuda-Dreieck

Etliche Tragödien von plötzlich verschwundenen Transportmitteln samt Besatzung aber bleiben ungeklärt. Sie nähren den unheimlichen Mythos vom Bermuda-Dreieck. Dazu trägt auch das Geheimnis um ein Verkehrsflugzeug vom Typ Douglas DC-3 bei. Im Dezember 1948 scheint es sich in Luft aufgelöst zu haben. Dem letzten Funkspruch des Piloten zufolge war die Maschine nur noch 70 Kilometer von Miami entfernt und bereits im Landeanflug: "Wir können jetzt die Lichter von Miami sehen, alles ist in Ordnung. Halte mich für die Landeanweisung bereit", so lautete die letzte Durchsage des Flugkapitäns. Als der Tower antwortet, kommt keine Reaktion. Obwohl das Wasser in der Region nur sechs Meter tief ist, wurden weder Passagiere noch ein Wrack gefunden.

Wissenschaftler wollen die Ursache für die lange Reihe unerklärlicher Fälle aufdecken. Der Pilot Bruce Gernon führt sie auf eine heiße Fährte. 1970 flog er durch einen elektromagnetischen Nebel in einer seltsamen Wolke, die zum Tunnel geformt war. Es gelingt ihm, sein Flugzeug am Ende des Tunnels aus der Wolke zu steuern. Als er kurz darauf in Miami landet, stellt er fest, dass sein Flug eine halbe Stunde kürzer gedauert hat. Könnten Magnetfelder für die mysteriösen Vorfälle verantwortlich sein? Entsprechende Messungen machen deutlich: Nirgendwo nimmt das natürliche Schutzschild so stark ab wie im Bermuda-Dreieck.

Man geht der spannenden Frage nach, was hinter dem scheinbar unerklärlichen Verschwinden von Flugzeugen und Schiffen in der Todesfalle im Atlantik steckt. Bermuda ist eine Inselgruppe im Atlantik, die als britisches Überseegebiet Teil des Vereinigten Königreichs ist. Es liegt östlich des US-Bundesstaats North Carolina bei 32° 20' N, 64° 45' W Koordinaten: 32° 20' N, 64° 45' W. Die Bermuda-Inseln sind vor allem durch das Bermudadreieck bekannt geworden, in dessen Bereich angeblich immer wieder Schiffe und auch Flugzeuge verschwunden sein sollen. Das Bermudadreieck, auch Teufelsdreieck genannt, ist die inoffizielle Bezeichnung eines Seegebietes, das sich im westlichen Atlantik nördlich der Karibik befindet und durch zahlreiche, zum Teil ungeklärte Vorfälle bekannt wurde, bei denen Schiffe, Flugzeuge oder ihre Besatzungen spurlos verschwunden sein sollen. Es soll einige nicht endgültig geklärte Vorkommnisse geben, die bis heute nicht aufgeklärt wurden. Eine oder einige Theorien für das verschwinden der Objekte wie

Schiffe und Flugzeuge. Methanhydrat-Vorkommen und Blowout [Bearbeiten]Einige Geowissenschaftler aus Japan, Deutschland und den USA haben riesige Methangas-Vorkommen im Gebiet des Bermudadreiecks gefunden, die für das spurlose Verschwinden von Schiffen verantwortlich sein könnten.

In Wassertiefen von 500 bis 2.000 Meter kann sich Methanhydrat bilden, wenn Methan vorhanden ist und die Temperatur das zulässt. Ändern sich Druck und Temperatur mit der Zeit, entweicht Methan langsam aus diesen eisähnlichen Brocken. Geschehen diese Änderungen jedoch abrupt, etwa durch ein Seebeben (bzw. in küstennahen Regionen auch durch Erdbeben) oder tektonische Verschiebungen, kann innerhalb kurzer Zeit ein großer Teil eines Methanhydratvorkommens in seine Bestandteile (Methan und Wasser) zerlegt werden und es kommt zum Methanausbruch (engl. blowout: Ausblasen). Das gasförmige Methan steigt in unzähligen winzigen Blasen auf. Dieser Vorgang gleicht dem Aufsteigen von CO_2-Blasen in einer Sprudelflasche, der man einen Stoß versetzt hat. Die mittlere Dichte des Gas / Wassergemischs ist dabei viel geringer als die des Wassers. Befindet sich ein Schiff direkt oder teilweise über einem solchen Gas-Wasser-Gemisch, so sinkt es unweigerlich in dieses hinein, da der Auftrieb gemäß dem Gesetz des Archimedes stark verringert ist. Es sackt also in Sekunden unter das normale Schwimmniveau ab. Sobald die Gasblasen das Wasser verlassen haben, ist der Auftrieb wieder normal und das Schiff hebt sich. Sinkt das Schiff zuvor jedoch mit dem Deck unter die Oberfläche, so kann Wasser eindringen und das Schiff sinkt. Dies ist besonders dann zu befürchten, wenn das Gas nur an Bug oder Heck aufsteigt. U-Boote, die in ein solches Gas-Wasser-Gemisch geraten, sacken ebenfalls durch und laufen Gefahr, auf dem Meeresboden aufzuschlagen.

Außerdem entstehen beim Aufsteigen der Gasblasen durch die Reibung mit dem Wasser elektrische Ladungen, die durch die Aufwärtsbewegung einen elektrischen Strom und dadurch Magnetfelder erzeugen, welche das Auftreten von Ausfällen elektrischer und magnetischer Geräte und Instrumente, so auch von Kompassen, erklären können.

Elektromagnetische Felder Eine andere Theorie geht von der Einwirkung elektromagnetischer Wellen auf die elektronischen Navigationshilfen an Bord aus. Dies könnte allerdings nur bei Unfällen in der jüngsten Vergangenheit eine Rolle spielen, da elektronische Navigationshilfen eine ziemlich neue Erfindung sind. Die Flugzeuge des erwähnten Flug 19 zum Beispiel hatten keine elektronischen Navigationshilfen an Bord. EM-Felder können allerdings unter Umständen auch einen normalen Kompass beeinflussen. Riesenwellen In bestimmten Regionen der Ozeane ist die Wahrscheinlichkeit für das Auftreten sich überlagernder Wellen erhöht. Die Amplituden dieser Wellen summieren sich auf, so dass extrem hohe Wellen (Kaventsmänner bzw. Freakwaves) auftreten können. Es ist denkbar, dass derartige Überlagerungen im Bermudadreieck aus geologischen Gründen mit erhöhter Wahrscheinlichkeit auftreten. Nachgewiesen ist eine solche erhöhte Wahrscheinlichkeit für dieses Seegebiet nicht. Außerdem würden solche Wellen das Verschwinden von Flugzeugen kaum erklären. Meteorologische Bedingungen [Bearbeiten]In dieser Gegend herrschen oft Stürme, die ebenfalls für einen Teil der verschwundenen Objekte verantwortlich sein könnten. Auch hierfür gibt es Belege, wie bei der Geschichte des Schoners Glorisko. Die Segel waren zerfetzt und der Laderaum war bis oben hin mit Wasser gefüllt. Das Ruder und das Steuer waren zertrümmert. Anhand von Zeitungsberichten aus dem Jahr 1940 konnte man nachweisen, dass zu der fraglichen Zeit schwere Stürme in dem Gebiet wüteten. Auch von der amerikanischen United States Navy als so genannte Microbursts bezeichnete, überraschende Stürme, Gewitterabwinde, die mit unglaublicher Gewalt hereinbrechen und weniger als fünf Minuten dauern können, kann man als Ursache für das Verschwinden zahlreicher Objekte verantwortlich machen.

Infraschall Andere Erklärungsversuche gehen von der Entstehung von Infraschall durch Stürme bei hohem Wellengang aus. Dieser löse bei Menschen und Tieren Angstreaktionen aus, ohne dass die Ursache erkannt wird. Das erkläre Panik und nicht rational begründbare Reaktionen von Schiffsbesatzungen. Infraschall breite sich auch ungehindert über große Entfernungen aus, so dass damit auch Havarien in Regionen mit gutem Wetter erklärbar wären. Weder die Entstehung von Infraschall in nennenswerter Stärke, noch dessen Wirkung in der beschriebenen Weise lässt sich belegen, ebenso gibt es keine ungehinderte Ausbreitung über große Entfernungen.

Geschichte

Bermuda wurde von den Spaniern entdeckt, die aber wegen der gefährlichen Riffe, die die Insel umgeben, nicht an Land gingen. Die ersten Siedler waren englische Kolonisten auf dem Weg nach Virginia, die nach einem Schiffbruch 1609 auf der Insel strandeten. Die Gruppe unter der Führung von Sir George Somers verbrachte dort 10 Monate. Ihre Berichte über die Insel erregten in England große Aufmerksamkeit, so dass Jakob I. die Befugnisse über die Inseln 1615 an die Bermuda Company übergab. 1612 wurde von etwa 60 britischen Kolonisten St. George gegründet. Eine stellvertretende Regierung wurde 1620 eingesetzt, woraufhin Bermuda eine selbständige Kolonie wurde.

Wegen der Abgeschiedenheit der Inseln konzentrierte sich ihre Wirtschaft auf Handel mit Salz und das für den Schiffbau gut geeignete Zedernholz. Hamilton, eine zentral gelegene Hafenstadt, die 1790 gegründet worden war, wurde 1815 Hauptstadt. Während des Zweiten Weltkriegs war Bermuda eine wichtige Basis für US-amerikanische Truppen. 1941 errichtete die USamerikanische Armee zwei feste Truppenstützpunkte, im Gegenzug bekamen die britischen Streitkräfte überschüssige USamerikanische Zerstörer. 1995 wurden die US-amerikanischen, kanadischen und britischen Stützpunkte geschlossen.

Bermuda ist nach dem Zweiten Weltkrieg wirtschaftlich gediehen und hat sich zu einer sehr erfolgreichen Steueroase entwickelt. 1968 wurde eine Verfassung aufgestellt, die seitdem das Verlangen nach Unabhängigkeit bestärkte, obwohl in einem Volksbegehren von 1995 die Unabhängigkeit abgelehnt wurde.

Der Mythos um das Bermuda-Dreieck - Flight 19

Das wohl mysteriöseste Verschwinden einer ganzen Staffel

Es ist wohl kaum ein Verschwinden eines Flugzeuges oder eines Schiffes im Bermuda-Dreieck so herausgestellt worden, wie der Fall von Flight 19. Vielleicht auch deshalb, weil hier gleich mehrere Objekte spurlos verschwunden sind. Es handelt sich hier um fünf Bomber der US-Marine. 5 Bomber vom Typ Grumman IBM Avenger verließen am 5. Dezember 1945 um 14.00 Uhr den Marinestützpunkt Fort Lauderdale in Florida zu einem routinemäßigem Übungsflug. Die Piloten der Bomberstaffel waren alle samt erfahrene Flieger. Die zuerst gestarteten Maschinen meldeten ideale Flugbedingungen.

Der letzte Funkkontakt von Flight 19

Um 15.45 Uhr funkte Flugleiter Leutnant Charles C. Taylor an den Tower in Fort Lauderdale: Rufe den Tower. Dies ist ein Notruf. Wir scheinen vom Kurs abgekommen zu sein. Können kein Land sehen, wiederhole sehen kein Land. Nach dem der Kontrollturm eine Rückfrage bezüglich ihrer Position machte, antwortete Leutnant Charles C. Taylor: Position nicht sicher. Wissen nicht genau, wo wir sind. Haben uns verflogen. Darauf hin gab der Tower die Anweisung, Kurs nach Westen zu nehmen. Die Antwort von Leutnant Charles C. Taylor war: Können nicht feststellen, wo Westen ist. Nichts stimmt mehr, seltsam. Erkennen die Richtung nicht mehr, nicht einmal das Meer sieht aus wie immer. Leutnant Robert Cox, der leitende Flugausbilder in Fort Lauderdale, war gerade im Begriff zu landen, als er diese Meldung mithörte. Er glaubte zu wissen, wo sich Flug 19 befand und funkte: Flug 19, wie ist Ihre Höhe? Ich fliege nach Süden und treffe Sie. Leutnant Taylor's Reaktion darauf war folgende: Kommen Sie mir nicht nach! Sie sehen aus wie . . . Danach war absolute Funkstille. Der Zeitpunkt der letzten Meldung von Flight 19 war 16.30 Uhr

Die Suchaktion

Als die letzte Meldung von Flug 19 empfangen worden war, startete ein grosses Martin-Mariner-Wasserflugzeug zu einer Suchaktion. Beim Erreichen der vermuteten Position der Bomber funkte es noch eine Meldung und verschwand dann ebenso spurlos. Auf diese Weise waren innerhalb weniger Stunden 6 Militärmaschinen verloren gegangen. Jetzt folgte eine der größten Luft- und See-Suchaktionen der Geschichte. Aber nicht einmal ein kleines Wrackteils wurde gefunden. Auch gab es keine Anzeichen von Überlebenden. Spekulationen Um das Rätsel um Flight 19 noch zu vergrößern, bleibt die quälende Frage bestehen, weshalb Leutnant Taylor auf die Hilfe von Cox verzichtet hat. Was sah er, als er schrie: Sie sehen aus wie . . .. Wahrscheinlich wollte Leutnant Tylor nicht, das Leutnant Cox ebenfalls sein Leben riskiert. Wahrscheinlich sah die Besatzung im Dreieck etwas, was die Marine aus Sicherheitsgründen nicht öffentlich bekannt geben möchte. Falls dieses Ereignis in jenen Dezembertagen tatsächlich so vorgefallen ist, ist Flight 19 wohl rätselhafteste Ereignis in der Fluggeschichte. Andere Stimmen wiederum sagen, das sich diese Darstellung mit offiziellen Berichten widerlegen lässt. Sie vermittelt nämlich den Eindruck, das der Himmel zu jener Zeit wolkenlos war und es sich bei den Besatzungen um erfahrene Piloten handelte, die ihre Strecke genau kannten. Anderen Meldungen zu folge war zwar das Wetter zur Startzeit in Fort Lauderdale gut, verschlechterte sich aber während des Fluges zunehmend. Ein Suchboot soll später von ungünstigen Flugbedingungen und schwerem Seegang berichtet haben. Mit Ausnahme von Leutnant Taylor habe keiner der Besatzungsmitglieder grosse Erfahrung besessen und nur etwa 300 Flugstunden hinter sich gehabt, wovon nur 60 Stunden auf Maschinen dieses Typs abgeleistet wurden. Leutnant Taylor, ein Kriegsveteran mit mehr als 2500 Flug- stunden, sei gerade erst von Miami nach Fort Lauderdale versetzt worden und mit der Gegend nicht so vertraut gewesen. Auch soll dies sein erster Flug auf dieser Route gewesen sein.

Die etwas andere Variante Nun, es gibt auch Berichte, die das Verschwinden von Flight 19 und dem Suchflugzeug einem großen Martin-Mariner-Wasserflugzeug als ganz normalen Unglücksfall darstellen. Angeblich habe Leutnant Cox als erster die Funkgespräche zwischen der Staffel mitgehört, die folgendermaßen verliefen. Irgend jemand aus der Staffel fragte Hauptmann Edward Powers, den zweiterfahrensten Piloten von Flight 19 was sein Kompass anzeige. Der gab darauf zur Antwort: Ich weiß nicht, wo wir sind, wir müssen nach dem letzten Schwenk abgekommen sein. Darauf hin schaltete sich Leutnant Cox ein und fragte: Was ist bei Ihnen los? Leutnant Taylor antwortete ihm: Meine Kompasse sind beide defekt. Ich versuche Fort Lauderdale zu finden. Bin sicher, dass ich über den Keys bin, aber ich weiß nicht, auf welcher Höhe. Diese Mitteilungen erklären nach Meinung der Skeptiker das Schicksal des Flugs 19. Leutnant Taylor und Hauptmann Powers meinten, sie hätten eine falsche Wende genommen und seien vom Kurs abgekommen.

74

Die Maschinen befanden sich über Great Sale Cay auf den Bahamas, aber Leutnant Taylor, der dort noch nie geflogen war, ließ sich von der Ähnlichkeit zwischen Great Sale Cay und den Florida Keys irreführen, die er aus seiner Zeit in Miami gut kannte. Er konnte also nicht erkennen, ob er sich östlich im Golf von Mexiko oder westlich über dem Atlantik befand. Leutnant Cox gab Taylor die Anweisungen, Fort Lauderdale von den Keys aus anzufliegen, und fügte noch hinzu: In welcher Höhe befinden Sie sich? Ich fliege nach Süden und treffe Sie dort. Leutnant Taylor gab ihm darauf zur Antwort: Ich weiß jetzt, wo ich bin. Ich bin auf 700 Meter Höhe. Folgen Sie mir nicht nach. Es gibt keinen Grund, nach etwas auch nur annähernd Ungewöhnlichem zu suchen.

Tylor wusste jedoch nicht, wo er war. Er verlor immer mehr die Orientierung, wozu mehrere Faktoren beitrugen. Die Kompasse in seinem Flugzeug waren defekt, oder er glaubte es zumindest. Auch hatte er keine Uhr und sein Funkkanal wurde von Interferenzen der kubanischen Radiosender gestört. Aus Angst, den Kontakt zum Rest des Flugs zu verlieren, wechselte er nicht auf die ungestörte Notruffrequenz. In der Dämmerung die nun hereinbrach, steuerte er das Flugzeug erst in die eine, dann in die andere Richtung. Als die Dämmerung durch Finsternis der Nacht abgelöst wurde, verschlechterte sich auch das Wetter, und die See wurde immer rauer. Gegen 18.30 Uhr konnte man hören, wie Leutnant Taylor versuchte, seine Staffel zusammen zu halten. Seine Durchsage lautete: Alle dicht zusammen bleiben. Wenn wir kein Land sichten, müssen wir wassern. Wenn der erste unter 45 Liter fällt, gehen wir alle zusammen runter. Die letzte Nachricht von Flight 19 wurden um 19.04 Uhr aufgefangen, als ein Pilot verzweifelt versuchte, mit Leutnant Taylor Kontakt aufzunehmen. Es ist anzunehmen, dass die fünf Bomber irgendwann innerhalb der nächsten Stunde in der unruhigen See niedergingen und versanken. Den Schätzungen von Experten nach würde eine Grumman IBM Avenger in weniger als einer Minute sinken. Das sofortige Einsetzen von Suchflugzeugen blieb ergebnislos, denn sie waren wohl kaum in der Lage, bei Dunkelheit und schlechten Wetterverhältnissen die Wrackteile zu finden. Auch im Fall des eingesetzten Suchflugzeuges, dass ebenfalls verschwand, gibt es auch noch andere Darstellungen als jene, die man in zahlreichen Büchern nachlesen kann. So auch diese, das die Martin-Mariner erst gegen 19.30 Uhr vom Banana-River-Marinestützpunkt abhob und eine Routine-Abflugmeldung funkte. Kurze Zeit später soll sie dann in der Luft explodiert sein.

Das Verschwinden lasse sich angeblich auch dadurch erklären, dass die Mannschaft der Gaines Milis, eines vorbeifahrenden Frachters, auflodernde Flammen am nächtlichen Himmel beobachtete. Der Kapitän des Frachters stellte den Vorfall jedoch etwas anders dar. Er habe gesehen, wie ein Flugzeug Feuer fing und dann ins Meer gestürzt sein soll. Dabei sei es dann zu einer Explosion gekommen. Der Kommandant der U.S.S. Solomons, einem Flugzeugträgers, der sich an der Suche beteiligte versicherte, dass es das Wasserflugzeug gewesen sei soll, das explodierte. Die Maschine war auf dem Radarschirm verfolgt worden, seit sie von ihrem Stützpunkt in Banana River gestartet ist, bis zu jener Stelle an der sie explodierte und vom Radarschirm verschwand. Schlussbemerkung Bliebe noch anzumerken, das sich bei dem Fall von Flight 19 wohl die Geister scheiden. Die Anhänger der Bermuda-Dreieck Theorie sehen wohl das Mysteriöse in diesem Fall, die Gegner die meinen nüchtern zu urteilen, versuchen alles heranzutragen um diesem Fall und der Geschichte um das Bermuda-Dreieck seinen Mythos zu nehmen. Wer nun Recht hat, kann man wohl nach so langer Zeit nicht mehr sagen. Es sei denn, es tauchen eines Tages Einzelheiten auf, die die absolute Wahrheit ans Tageslicht bringen. Sicher neigen Buchautoren, die über dieses Gebiet schreiben, manchmal zu Euphorie, man kann aber nicht alles nur als Hirngespinst abtun was man nicht versteht. Ob es nun UFOs sind, die in diesem Gebiet operieren oder Methanvorkommen, wie neuerdings in zahlreichen Medien zu lesen, zu sehen und zu hören war, diese Gegend hat ihren besonderen Ruf und der Mythos vom Bermuda-Dreieck wird wohl noch lange bestehen bleiben.

Bild:
Bermuda Dreieck

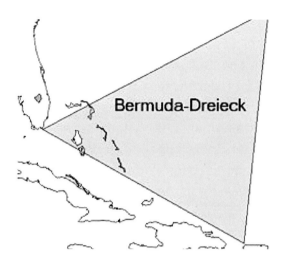

Bermuda-Dreieck

18. Paralleluniversen - Das All ist nicht alles

Ist unser Universum wirklich alles, wie sein Name sagt? Oder existieren neben ihm noch andere Welten, von deren Existenz wir nichts wissen? In der modernen Physik wird diese Frage ernsthaft diskutiert.

Die Frage ist nicht nur, ob wir allein im All sind. Sondern auch, ob unser All tatsächlich das einzige ist. Nach der Superstring-Theorie beispielsweise gibt es nicht nur die vier uns bekannten Dimensionen von Raum und Zeit, sondern noch sechs weitere. Beim Urknall hätten sich in diesen unzählige von uns unabhängige Universen entwickeln können. Bis jetzt ist ein solches "Multiversum" nur eine mathematische Hypothese. Aber vielleicht können wir eines Tages tatsächlich über so genannte Wurmlöcher Bewohner fremder Welten besuchen - oder in unserer eigenen Vergangenheit Dinosauriern begegnen.

Zwei grundlegende physikalische Theorien haben in der ersten Hälfte des 20. Jahrhunderts versucht, die Welt zu erklären: Albert Einsteins Allgemeine Relativitätstheorie und die Quantenmechanik. Einsteins Gleichungen beschreiben den Aufbau des Kosmos im Großen: Etwa wie die Anziehungskraft zwischen Planeten zur Krümmung von Raum und Zeit führt. Die Quantentheorie dagegen erfasst den Mikrokosmos, die Welt der Atome und Elementarteilchen. Beide Theorien sind in sich schlüssig, haben aber ein grundlegendes Problem: Sie lassen sich nicht miteinander in Einklang bringen.

Fäden statt Teilchen

Bereits in den dreißiger Jahren versuchten Physiker, beide Ansätze miteinander zu kombinieren - vergeblich. In den sechziger Jahren entstand schließlich eine neue Theorie, die heute wieder brandaktuell ist: Die String-Theorie oder - in einer weiterentwickelten Variante - Superstring-Theorie. Sie geht davon aus, dass die Urbausteine der Materie nicht punkt-, sondern fadenförmig sind. Diese so genannten Strings sind bisher nur eine theoretische Annahme - und außerdem viel zu klein, um von uns wahrgenommen werden zu können.

Zehn Dimensionen

Vor allem

Zehn Dimensionen

Vor allem aber sagt die Theorie: Die winzigen Fäden beschränken sich nicht auf die uns bekannten vier Dimensionen des Raumes und der Zeit, sondern schwirren durch insgesamt zehn Dimensionen. Von den sechs anderen bekommen wir nur deshalb nichts mit, weil sie sich gleich nach dem Urknall so ineinandergestülpt und komprimiert haben, dass kein Messgerät sie mehr erfassen kann. Das Spannende daran ist: Bevor diese zusätzlichen Dimensionen verschwunden sind, haben sie wahrscheinlich die Entstehung unzähliger Parallel-Universen ermöglicht. Oder um es mit einem Bild auszudrücken: Mit dem Urknall sind zahllose Welten wie Seifenblasen aus einer Art Urschaum aufgestiegen.

Andere Welten und Wege dorthin

Wurmloch - Verbindungskanal zu anderen Universen.

Wie würden solche Parallel-Universen überhaupt aussehen? Sie könnten grundverschieden von unserem Weltall sein und nach völlig anderen Naturgesetzen funktionieren: Vielleicht gibt es einige, in denen die Gravitation so hoch ist, dass sich der Raum zum Beispiel nur ein Jahr lang ausdehnt und anschließend wieder zusammengezogen wird. In anderen dagegen könnte die Schwerkraft so schwach sein, dass sich die Gase aus der Anfangszeit nie zu Galaxien oder Sternen verdichten konnten. Möglicherweise ist in manchen Welten erst gar keine Materie entstanden, so dass ihr Raum ausschließlich von Strahlung erfüllt ist.

Vielleicht gibt es aber auch Universen, die unserem so ähnlich sind, dass dort ebenfalls Leben entstanden ist. Oder sogar solche, die sich von unserem Kosmos nur in der Zeit unterscheiden. Es könnte auch sein, dass wir in einem Parallel-Universum in veränderter Form existieren - wie in "Star Trek" der böse Mr. Spock. Oder dass es eine zweite Welt gibt, die genau wie die unsere ist. Dort würde dann ein identischer Zwilling von uns leben. Immerhin: Albert Einstein hat als Ergebnis einer seiner Gleichungen die Existenz eines solchen Spiegeluniversums herausbekommen. Reise durchs Wurmloch Können wir mit anderen Universen, die unabhängig von unserem existieren, überhaupt in Kontakt treten? Theoretisch gibt es tatsächlich Wege, in diese fremden Welten zu reisen: die so genannten Wurmlöcher. Als Eingangstor in einen solchen hypothetisch angenommenen Tunnel durch Raum und Zeit dient ein so genanntes Schwarzes Loch. Das entsteht, wenn ein großer Stern, der seine Energiereserven verbrannt hat, in sich zusammenfällt. Während sein Umfang immer kleiner wird, bleibt seine Masse gleich: Die so genannte Singularität, ein Punkt unendlicher Dichte, entsteht. Ihre Anziehungskraft wirkt wie ein gewaltiger kosmischer Staubsauger, der sogar das Licht schluckt. Damit aber zum Beispiel ein Raumschiff diese absolut punktförmige Singularität durchqueren kann, muss diese auf eine endliche Größe - zu einer Art Tunnel - ausgedehnt werden. Dann werden die Kräfte, die auf das Schiff wirken, ebenfalls endlich - und somit prinzipiell beherrschbar. Diese Möglichkeit wurde von dem Physiker Roy Kerr bereits 1963 berechnet. Voraussetzung dafür ist die Annahme, dass das Schwarze Loch rotiert. Parallelwelt, ferne Galaxie oder andere Zeit Ist die Durchquerung der Singularität geschafft, kehrt sich die Anziehung in Abstoßung um - ein anderes Schwarzes Loch spuckt die Reisenden wieder aus. Wo diese Ausgangstür liegt, bleibt offen: Wurmlöcher können sowohl Brücken zu anderen Universen als auch Abkürzungen innerhalb unseres eigenen Weltalls sein. Auch Reisen durch die Zeit wären möglich. Theoretisch lässt sich ein solches Wurmloch auch in erreichbarer Nähe bauen - nur bräuchten wir dazu unvorstellbar viel Energie. Also müssen wir wohl noch ein wenig warten, bis wir mit Bewohnern fremder Welten Kaffee trinken oder auf Dinosaurierjagd gehen können.

19.Parapsychologie

Die Parapsychologie beschäftigt sich mit Phänomenen, für die es heute keine Naturwissenschaftlichen Erklärung gibt. Die Parapsychologie ist eine Wissenschaft die sich mit Übernatürlichen Phänomenen befasst. Es gibt auch heute, trotz moderner Wissenschaftlicher Untersuchungsmethoden viele Phänomene an denen die Naturwissenschaft scheitert.

Die Parapsychologie kann Menschen beraten, die glauben von Übernatürlichen und für Sie Unerklärlichen Phänomenen verunsichert zu sein. Ereignisse und Dinge mit einem anderen Bewusstsein zu erkennen. Das sich die Meinungen auch in der Wissenschaft über die Parapsychologie teilen sollte keinen wundern, da wir in der Parapsychologie vielen Dingen nachspüren, die Sein oder Nichtsein - Gut und Böse berühren. Auf keinen Fall darf die Parapsychologie sich zu einem "sein was nicht sein darf" manipulieren lassen.

Jenseits und Geister

Der Bereich des Jenseits wird örtlich unterschiedlich lokalisiert. Das kann für bestimmte, schwer zugängliche Orte (Berge, Höhlen, Wälder) oder andere Tabu-Bezirke und Heiligtümer gelten. Man kann ihn sich unter der Erde in einer Unterwelt oder über der Erde im Himmel vorstellen. Schließlich sprechen Einige von nur einem feineren Empfinden zugänglichen Lokalisierungen im menschlichen „Herzen" (mit „Herz" bezeichnet übertragener Wortgebrauch das seelisch-geistige Innenleben eines Menschen) oder im zwischenmenschlichen Bereich.

Ebenso wird dem Jenseitsbereich ein zeitlicher Raum jenseits des irdischen Lebens zugeordnet (zum Beispiel als Totenreich oder Himmelreich). Am augenfälligsten dokumentieren sich die Jenseitsvorstellungen in der menschlichen Bestattungskultur. Schon die Beigaben der ältesten Grabfunde (Waffen, Speise, Trank, Schmuck etc.) belegen, dass das irdische Leben als Teil eines größeren Ganzen angesehen wurde. Dieses Ganze - das belegen zahlreiche Monumentalfunde - hatte in der Regel seine wesentliche Bedeutung in der jenseitigen Welt, die ihrerseits das Diesseits in den Schatten stellte.

Beschreibungen des Jenseits entstammen den Berichten schamanischer Himmelsreisender und werden zum anderen in den Mythen und heiligen Schriften der Völker und Religionen überliefert.

20. Wiedergeburt / Reinkarnation

Phänomene der Wiedergeburt werden weltweit in den unterschiedlichsten Kulturen beobachtet. Meist sind es Kinder, die mit den Visionen aus einem anderen Leben konfrontiert werden. Es sind die Bilder eines gewaltsamen Todes, das Wissen um Namen, Orte und Geheimnisse, die Fälle entstehen lassen, die als beste Interpretation die Wiedergeburt zulassen. Forscher, die seit Jahrzehnten diese Fälle untersuchen, behaupten, dass diese Kinder nachweisbare Erinnerungen an ein Leben vor ihrer Geburt besitzen, die sie auf natürlichem Wege nicht erhalten konnten. Die Familie lebt im abgelegenen Grenzland zwischen der Türkei und Syrien. Sie gehört zu den Aleviten, einem Volk mit uraltem Glauben. Ihre kleine Tochter Demet ist vier Jahre alt und erinnert sich an ihren dramatischen Unfalltod als Frau. Dr. Keil von der Universität Tasmanien folgt vor Ort den Aussagen des Kindes und stößt dabei auf eine weitere Familie. Zwischen Trauer und Hoffnung fragt man sich dort: Ist Demet die Wiedergeburt der verunglückten Tochter? Ein Experiment verspricht Aufschluss. Mit der gleichen Beharrlichkeit wie die Forscher suchen Kritiker den Gegenbeweis und haben gute Argumente. Eine Seele, unbedingte Voraussetzung für die Wiederkehr des Geistes, wurde bis dato nicht entdeckt - dafür Ungereimtheiten und Widersprüche in den Daten der Befürworter. In den USA der 50er Jahre entwickelt sich aus einer Hypnosesitzung eine Massenhysterie, als eine Hausfrau aus Colorado in ein früheres Leben im Irland des 19. Jahrhunderts zurückgeführt wird. Die Veröffentlichung der Protokolle löst einen Rückführungsboom aus, der noch heute vielen Menschen einen Trip ins Vorleben verspricht - ohne Gewähr versteht sich. Fast eine Milliarde Menschen brauchen keine Beweise. In Tibet war die Wiedergeburt für Jahrtausende staatstragend, da die Köpfe der dominierenden Konfession im Zölibat lebten und nicht selbst für Nachfolger sorgen konnten. Aus dieser Dynastie geht der Dalai Lama hervor. Auch die 14. Inkarnation, Tenzin Gyatso, hatte ein geheimes Wissen, das ihn schon als Kind zum Oberhaupt des tibetischen Volkes machte.

Psychokinese

Bezeichnung für die Fähigkeit, mittels geistiger (übernatürlicher) Kraft materielle Gegenstände zu bewegen. Die Psychokinese spielt besonders in der Fantasy-Literatur eine Rolle.

oder:

Untersuchungsgebiete der Parapsychologie

Die parapsychologische Forschung hat es sich zur Aufgabe gemacht, die Existenz von Psi-Phänomenen wie Telepathie, Telekinese, Psychokinese oder Nahtoderfahrungen zu untersuchen und die Bedingungen für deren Auftreten in Abhängigkeit von der Umgebung bzw. der Beteiligten nachzuvollziehen. Dabei werden grob zwei Kategorien von Psi-Phänomenen unterschieden:

Außersinnliche Wahrnehmung: Bei einer Außersinnlichen Wahrnehmung scheint ein Organismus Information auf eine physikalisch nicht erklärbare Weise von seiner Umwelt zu empfangen; dies kann als Psi-rezeptiv bezeichnet werden. Unter einer Außersinnlichen Wahrnehmung versteht die Parapsychologie Telepathie, Präkognition und Hellsehen.

Psychokinese: Bei der Psychokinese scheint ein Organismus lediglich mit seinem Willen aktiv Einfluss auf seine Umwelt nehmen zu können; dies kann als psi-emissiv bezeichnet werden. Die Psychokinese wird unterteilt in zwei Untergruppen:

Mikro-Psychokinese: Dieser Ausdruck wird verwendet für psychokinetische Ereignisse, die nur instrumentell oder mit statistischen Methoden nachgewiesen werden können, z. B. die Beeinflussung von elektronischen Geräten oder die Beeinflussung eines Würfels.

Makro-Psychokinese: Dieser Ausdruck wird verwendet für psychokinetische Ereignisse, die Effekte hervorrufen sollen, die mit bloßem Auge erkennbar sind, z. B. das Poltergeist-Phänomen.

Neben der Erforschung möglicher Ursachen und Erscheinung der obigen Kategorien beschäftigt sich die Parapsychologie in diesem Zusammenhang auch mit außergewöhnlichen menschlichen Ereignissen. Diese Ereignisse sind spontane und für die Betroffene nach eigener Aussage real erlebte Erfahrungen wie etwa Nahtoderfahrungen oder Außerkörperliche Erfahrungen. Ob diese Erfahrung mit Psi-Phänomen in Verbindung stehen könnten, ist nicht geklärt. Die Auslöser derartiger Phänomene könnten seelische Probleme einzelner Menschen sein, welche in das Unbewusste verdrängt werden und sich von dort aus "entladen"; oder derartige Phänomene werden als Ausdruck unterbewusster Probleme gedeutet. Generell gehen Parapsychologen davon aus, dass im Prinzip jeder Organismus Psi-Fähigkeiten besitzen könnte. Methoden Die Parapsychologie unterteilt ihre Methoden in drei Gruppen Erfahrungsberichte: Hierbei handelt es sich um Berichte von Psi-Erscheinungen, welche aus aller Welt zusammengetragen werden. Experimente mit Medien ("qualitative Methode"): Als Medium wird ein Mensch bezeichnet, durch dessen Einwirkung Psi-Phänomene aufzutreten scheinen. In Experimenten werden seine "Fähigkeiten" dann auf die Probe gestellt.

Statistische Experimente ("quantitative Methode"): Es werden Versuche durchgeführt, in denen Menschen auf ein zufälliges Ereignis durch ihren Willen Einfluss nehmen sollen. Wenn ein bestimmtes Ereignis (zum Beispiel die Vorhersage der Augenzahl eines Würfelwurfes) häufiger auftritt als es nach der statistischen Wahrscheinlichkeit zu erwarten ist, dann gilt dies als Indiz für einen paranormalen Effekt. Der Amerikaner J. B. Rhine, der in den 30er Jahren paranormale Phänomene systematisch experimentell untersuchte, gilt als der Begründer dieser Methode. Auch der französische Arzt Charles Richet (Nobelpreis für Medizin 1913), der dafür bekannt war, dass er sich über sein Fachgebiet hinaus für sehr viele verschiedene Themen interessierte, forschte systematisch auf dem Gebiet der Parapsychologie; vor allem untersuchte er spiritistische Sitzungen.

Das wahre Phänomen, also das UFO-Phänomen ist real und
Präsent auf der Erde. keine Täuschung sie lesen richtig.
Am 30 Mai 1993 der Tag meiner eigenen Sichtung wurde ich
eines anderen belehrt und mein verstand sagte mir was hast du
eingenommen gar nichts,Scherz beiseite.
Ehrlich gesagt war ich traumatisiert und verwirrt und hatte auch
eine scheiß angst vor dem großen etwas über meinen Kopf es
schwebte bedrohlich und gewollt.
Ich hatte die Zeit auf einmal vergessen oder sie wurde mir in
dem Moment vielleicht genommen von den gewissen etwas.
Ich vermute das weil ich auch eine Beeinflussung verspürt habe
aber ohne zwang an meiner Person.
30sek.
Die Telepatie gibt es wirklich.. oder?
Das unbekannte etwas wirkte so vertraut und immer schon da.
86
Dirk Poque` Para und UFO-Forscher (UFOSETI-AACHEN)
Germany.

EINS STEHT FEST, WIR SIND NICHT ALLEIN IM UNIVERSUM.
Die mächtigen Mainstream-Medien und die gewollte Zensur sterben unweigerlich aus aber die wahre und freie Internet-Berichterstattung derer, die die Wahrheit verkünden und verbreiten bleibt unzensiert und führt nur zum Ziel.
Wir sind Sternenstaub
Liegen unsere Wurzeln bei den Sternen?
Wir bestehen aus dem gleichen Material wie Sterne. Nur ein Zehntel der Atome,aus denen unser Körper besteht,endstand beim Urknall,Zu diesen Zeitpunkt ,gab es nichts außer Wasserstoff,bald kam Helium hinzu .Größere Atome - z.B. Kohlenstoff und Sauerstoff - können nur im nuklearen Inferno,das im inneren der Sterne des frühen Universums gewütet hat,entstanden sein.
Ende und Beginn

Damit so schwere Atome wie das Eisen in den Blutzellen entstehen, braucht es etwas viel Stärkeres - Supenova Explosionen.
Für alles Leben im Umkreis von ein paar Dutzend Lichtjahren bedeutet eine Supernova eine Katastrophe : Die Strahlung macht Planeten in immensen Entfernungen unfruchbar. Aber ohne die verherende Kraft eines implodierenden Sterns würde im Universum das Rohmaterial fehlen, aus dem alles gemacht ist - auch,und besonders wir.
"Wir sind das Universum,das versucht ,sich selbst zu verstehen"
Carl Sagan AMERIKAN.WISSENSCHAFTLER
Was das Warheits Embargo anbetrifft,
wird bald oder in naher Zukunft mal ein ende finden.

21.Die mysteriöse Welt der UFOs - Was wissen die Regierungen?

Immer wieder erspähen Menschen undefinierbare Flugobjekte am Horizont - manch einer vermutet, dass Außerirdische etwas damit zu tun haben. Wissenschaftlich bestätigen lässt sich das allerdings nicht. Dennoch: UFO-Euphorie geht so weit, dass sogar Regierungen immer wieder vorgeworfen wird, wichtige Hinweise auf Besucher aus dem All zu verschweigen. Um dem entgegen zu wirken, hat Neuseelands Militär nun sein bisher geheimes UFO-Archiv geöffnet.

Das Militär von Neuseeland lüftet die Geheimnisse zehntausender UFO-Sichtungen der vergangenen Jahrzehnte. Wer Verschwörungstheorien entkräften will, tut dies bekanntermaßen am besten durch eines: die Wahrheit. Das hat nun auch das Militär von Neuseeland eingesehen, das dieser Tage sein bisher geheimes UFO-Archiv für die Öffentlichkeit zugänglich gemacht hat. Darin enthalten sind zehntausende Dokumente zu UFO-Meldungen aus den vergangenen fünf Jahrzehnten - darunter auch die spektakuläre Sichtung aus dem Jahr 1978, bei der ein Pilot behauptete, von mysteriösen Lichtern verfolgt worden zu sein.

Eines enthüllt das Archiv des neuseeländischen Militärs in jedem Fall: Jeder Mensch, der eine UFO-Sichtung meldete, erhielt danach ein Dankschreiben der zuständigen Behörde - ohne jegliches Urteil zu dem beobachteten Phänomen.

Ist Neuseeland ein beliebtes Ziel von Außerirdischen? Man weiß es nicht - was man aber weiß ist, dass es in den vergangenen fünf Jahrzehnten zehntausende Sichtungen von
unbekannten Flugobjekten über dem Land gab. Nun hat das Militär von Neuseeland sein geheimes UFO-Archiv geöffnet - demnach lassen sich für die meisten Sichtungen ganz natürliche
Phänomene als Ursache heranziehen. Es bleibt aber eine gewisse Anzahl von UFO-Meldungen, für die niemand eine Erklärung hat. Sind etwa doch Außerirdische im Spiel?

_____

Ein Neubeginn auch ein positives umdenken der Menschen muss endlich mal her um den Weltenwandel in Bewegung zu versetzen.

Die Zukunft sieht aus wie die Gegenwart - nur ein bisschen anders. Wir schaffen es schlicht nicht, unsere Gedanken von Heute zu lösen,wenn wir das Morgen planen auch was die Weltpolitik angeht. Brüche und Quantensprünge entziehen sich unserer Vorstellungskraft; wenn sie doch geschehen, erwischen sie uns kalt.

Mein Zitat : Die beste Möglichkeit die Zukunft vorherzusagen ist sie gemeinsam zu gestalten.

Wie entstand der Roswell-Mythos?

„Die Gerüchte über fliegende Scheiben sind gestern Realität geworden." – Bis heute ist nicht ganz klar, was Walter Haut, Presseoffizier des Luftwaffenstützpunkts Roswell im USBundesstaat New Mexico, zu dieser Äußerung veranlasste.

Sicher ist nur, dass Hauts Erklärung vom 8. Juli 1947 den Ausgangspunkt bildete für den wohl bekanntesten UFO-Mythos: In jenen Sommertagen sollen Außerirdische in der Nähe von Roswell gelandet sein – ein Ereignis, das, so will es die Legende, von den US-Behörden bis heute verheimlicht wird.

Tatsächlich hatten die US-Militärs seinerzeit allen Grund, die Ereignisse rund um den Roswell-Stützpunkt zu verschleiern. Was da Anfang Juli auf dem Feld des Schafzüchters Mac Brazel niederging, war zwar keine fliegende Untertasse, dafür aber barg der zunächst unbekannte Flugkörper in Zeiten wachsender sowjetisch-amerikanischer Spannungen jede Menge Sprengkraft. Schnell hatten die herbeigerufenen Militärs nämlich erkannt, dass der Haufen aus Gummi, Klebeband und Aluminiumfolie zu einem Ballon gehörte, den die Air Force kurz zuvor gestartet hatte - als Teil eines hoch geheimen Projekts, mit dem die sowjetische Atomrüstung ausspioniert werden sollte.

Möglich, dass den Militärs sogar ein UFO lieber gewesen wäre als die Wahrheit über den eiligst abtransportierten Fund. Vielleicht liegt hier das Motiv für Hauts merkwürdige Erklärung.

Doch als in der Folge die Telefonleitungen des Stützpunkts von besorgten Anrufern blockiert wurden, beeilte man sich, die Äußerungen des Presseoffiziers zu widerrufen: Die vermeintliche fliegende Scheibe sei in Wirklichkeit ein harmloser Wetterballon. Eine Erklärung, mit der sich die Öffentlichkeit schließlich zufrieden gab – Roswell verschwand aus den Schlagzeilen. 30 Jahre später kehrte es mit einem Paukenschlag zurück. Charles Berlitz, ein selbst ernannter Spezialist in Sachen Unerklärbares, veröffentlicht 1980 „The Roswell Incident" – und machte Roswell damit quasi über Nacht populär. Berlitz präsentierte angebliche Augenzeugen, die von einem Raumschiff berichteten, von abtransportierten Alien-Leichen und einem großen Komplott der US-Behörden, die den Fall vor der Öffentlichkeit vertuschen wollten.

Sechs Jahre zuvor hatte Berlitz mit einem anderen Buch schon einmal einen Mythos begründet – den vom Bermuda-Dreieck. Und so, wie er seinerzeit zu den Bermuda-Katastrophen auch Schiffe zählte, die nachweislich nie im Dreieck verkehrten, erwiesen sich auch seine „Augenzeugen" im Fall Roswell als wenig überzeugend. Spätere Prüfungen brachten zahlreiche Ungereimtheiten zutage: So erwies sich etwa eine Krankenschwester, die die Alien-Leichen im Hospital gesehen haben wollte, als glatte Erfindung eines „Zeugen".

Seither wissen wir, was in Roswell geschah - doch es ist nicht das, was die UFO-Gläubigen gerne hören möchten. Und so geht das Spekulieren weiter – über ein Raumschiff, seine Besatzung und deren Auftrag. Und über eine Regierung, die die Weltöffentlichkeit mit falschen Daten an der Nase herumführt. Aber so etwas gibt es ja zum Glück nur im Reich der Legenden.

Botschaft

Militär weltweit abschaffen ist die einzige Chance einen
Weltenwandel zu erreichen ?
Wir müssen lernen, miteinander aus zukommen, denn wir
leben auf einem kleinen Planeten. Wenn wir um ihn Krieg
führen, werden alle verlieren. Ein weiterer Kritikpunkt ist, dass
wir die natürliche Regenerationsfähigkeit der Erde schwächen.
Üblicherweise regeneriert sich die Erde innerhalb eines Jahres.
Aber wenn wir einmal nachrechnen, wie viele Ressourcen wir
der Erde entnehmen (Fisch, andere Nahrung, Eisen, Kohle, Öl),
die unserem Lebensstil geschuldet sind: Wir entnehmen der
Erde 1.33 mal soviel, als auf der Erde wieder nachwachsen kann.
Wir erzeugen damit also ein ökologisches Defizit. 1992 war die
Maßzahl noch 1.25. Sie steigt also. Die Menschen sorgen sich um
das finanzielle Defizit, aber das ist nichts im Vergleich zum
ökologischen. Das Anwachsen des ökologischen Defizits
bedeutet, dass wir die Trag- und Lebensfähigkeit der Erde
ständig verringern. Gleichzeitig wächst die Weltbevölkerung.
Wenn wir nichts gegen all das unternehmen, steht uns eine
Krise von globaler Dimension bevor. Mein wichtigster Vorschlag
wäre, das Militär weltweit abzuschaffen. Das Militär verschlingt
den größten Anteil unserer Ressourcen. Wenn wir das Militär
weltweit abschafften, würden wir das ökologische Defizit, das
wir jedes Jahr ansammeln, sofort ausgleichen.
Damit würden wir Zeit gewinnen, um ein besseres Leben auf
diesem Planeten aufzubauen. Ja, wir brauchen die
Globalisierung im Kopf. Was wir nicht brauchen, ist die
Monokultur, stattdessen müssen wir lernen, wie wir auf der
Erde zusammenleben können, wie wir unsere Konflikte ohne
Militär lösen können. Ja, wir brauchen die Polizei, ja, wir
brauchen Gesetze und Gerichte und Ähnliches. Aber wir brauchen
das Militär nicht. Das Militär ist eine Abnormalität.

Es zerstört unsere Kultur, unsere Umwelt, alles, wofür wir uns einsetzen. Daher ist es Zeit, das Militär abzuschaffen. Wir haben die Zahl der Generationen, die uns folgen werden, dezimiert. Wir haben das bereits getan. Wir haben die Überlebensfähigkeit von lebenden Systemen auf dem Planeten reduziert, ob unser Planet sich von diesen Eingriffen erholt, oder auch nicht. Wir haben keine außerirdische Quelle, die uns neue DNA bereitstellen kann. Wir haben die DNA, die wir eben haben, und wer immer in Zukunft auf unserem Planeten leben wird, ist in der vorhandenen DNA angelegt. Wenn wir sie jetzt schädigen, können wir sie nicht von einem anderen Ort beziehen, bzw. ersetzen. Es wird in der Zukunft kein Lebewesen auf der Erde geben, das nicht schon jetzt in der Samenbank vorhanden ist, in einem Samen oder in einer Eizelle aller Lebewesen, Pflanzen, Tiere und Menschen. Es ist bereits alles da. Es wird nicht vom Mars oder irgendwo anders her kommen. Lebewesen bilden sich aus Lebewesen. Wir tragen diesen sehr kostbaren Samen in uns. Und wenn wir diesen schädigen, wirkt sich dies zweifach aus: Wir erzeugen einen Organismus, der sich unserer Umwelt weniger anpassen kann und daher weniger lebensfähig ist. Gleichzeitig belasten wir unsere Umwelt mit giftigem und radioaktivem Abfall. Man findet also eine schädlichere Umwelt vor UND einen geschwächten Organismus. Das ist ein Todessyndrom (gar Todesurteil, d. Üb.) für die Gattung, nicht nur für das Individuum. Wir werden härtere Lebensbedingungen vorfinden. UND der Körper wird weniger in der Lage sein, mit Stress fertig zu werden, und gleichzeitig wird er mehr Stress aushalten müssen.

7. Milliarden Menschen kennen nicht die Wahrheit!
Die Menschen auf der Erde erhalten täglich falsche
Informationen von Medien und Ereignissen wie über
Geheimniskrämerei,Glauben,Glück,Kriege,Krisen,Leid,Ph
änomenen,Tot, und der unmoralischen Weltpolitik und
bekommen dadurch ein falsches Bild was nicht der
Realität entspricht. Aber 7.Milliarden Menschen haben
ein Recht die Wahrheit zu erfahren. Erst wenn sie
einmal die Wahrheit erfahren haben können sie erst
selbst beurteilen und dann urteilen was Recht und
Unrecht ist. Zensur ist Unmoralisch und
Fehlinformation ist eine Art von Selbstbetrug. Und
dann erst sind viele Menschen im wahrsten Sinne des
Wortes Befreit und genießen die Wahrheit und die
Freiheit. Aber da gibt es noch ein großes Problem in
der Welt die da lautet: Die Geduld der Menschen unter
einander ist leider oft sehr begrenzt und dadurch
verlieren die Menschen schnell miteinander die
Beherrschung. Hoffen wir doch alle gemeinsam das
endlich ein Wandel zum Guten eintritt auch für die
gesamte Menschheit.

Bild: Sehr gute Objekt Details vom Grau-Rot Elypse-UFO schwebend über den Ort / Region - Taxco in Mexiko - Sichtung Juni.2013

22.Die Existenz der fliegebden Unterassen.

Gibt es den Untertassen, aber sicher doch! Die Sichtungen und Beweise sind mitlerweile erdrückend, wie (Fall-Dokumente) genannt, Sie existieren von tausenden Stichhaltigen Zeugenaussagen aller Religionen der Weltbevölkerung wie auch dem Objekt-Kontakt mit z.B.dem Bodenradar,Piloten,Seefahrt,Astronauten,Militär,Geheimdiensten, Weltraumbehörden und einerseits einer vielzahl von Nationen und deren Regierungen. Unter den Beweismaterial zählen auch unerklärliche Artefakte,Fotos,Filmmaterial(Videos)Entführungen,Kornkreisfeld er und insbesonders der Präastronautik.usw. Warum erforscht die Wissenschaft nicht ernsthaft das Ufo-Phänomen, wo es doch genügend Hinweise für dessen reale Existenz gibt und sogar Regierungen es ernst nehmen? Wohl kein unerklärliches Himmelsphänomen ist so umstritten wie die „Unbekannten Flugobjekte" (Ufos), die sich in mannigfacher Form am Himmel zeigen, oder manchmal auch am Boden, sofern man den Augenzeugenberichten glauben kann. Darin aber zeigt sich bereits das Dilemma mit den Untertassen.

Es gibt zwar Zehntausende Berichte von Menschen, die welche gesehen haben, auch gibt es durchaus Hinweise auf Anomalien am Himmel oder auf Erden im Zusammenhang mit solchen Sichtungen. Handfeste Beweise für die Existenz von Ufos aber fehlen. Deshalb ist die Ufologie eine Glaubenssache: Den Menschen, die davon überzeugt sind, dass von Zeit zu Zeit Flugkörper unbekannter Herkunft durch die Erdatmosphäre schwirren, steht wohl eine massive Mehrheit gegenüber, die Sichtungsmeldungen als Hirngespinste, Sinnestäuschung oder gar Betrug abtut. Glühende Scheiben über dem Firmament Berichte über unerklärliche Himmelsphänomene gab es zu allen Zeiten und aus allen Kulturen.

Nur ein Beispiel: Am 4. November 1697 zogen in Hamburg zwei „glühende Scheiben" über das Firmament. Ein zeitgenössischer Stich gibt die Szene wieder. Vom Rand der Scheiben gehen Blitze aus, sie sind vielfach größer als der Vollmond, und am Boden stehen Menschen, die aufgeregt auf die später so gedeuteten Ufos zeigen. Der moderne Mythos von Ufos als außerirdischen Raumschiffen begann jedoch im Sommer 1947 mit dem berühmten Roswell-Ereignis. Damals soll nahe der Kleinstadt Roswell im US-Staat New Mexiko ein Raumschiff abgestürzt sein, die außerirdische Besatzung war tot, die Leichen der kleinen grauen Männchen wurden zur Untersuchung in den notorischen Luftwaffenstützpunkt "Area 51" in der Wüste Nevadas gebracht. Nach offizieller Lesart hat ein Farmer damals freilich nur die Trümmer eines abgestürzten Wetterballons gefunden. Natürlich, so die Ufo-Gläubigen, sei das nur das übliche Vertuschungsmanöver der Regierung gewesen. In Wahrheit habe es das Raumschiff gegeben, doch die US-Militärs hielten den Vorfall bis heute geheim. Schon zuvor, im Juni 1947, wollte der US-Privatpilot Kenneth Arnold über dem Washingtoner Mt.-Rainier-Gebirgsmassiv „fliegende Untertassen" beobachtet haben. Unheimliche Begegnungen mit Ufos Seither gibt es immer wieder Sichtungsmeldungen, die sich zu bestimmten Zeiten häuften – so wie 1989, als über Belgien eine regelrechte Ufo-Welle hereinbrach. Augenzeugen beschrieben vor allem riesige, dreiecksförmige Flugobjekte.

Selbst Piloten berichteten von unheimlichen Begegnungen mit
Ufos. Etwa im August 2001, als sich zwei türkische Kampfflugzeuge eine Verfolgungsjagd mit einer rasenden Lichterscheinung geliefert haben sollen. Über der Provinz Izmir
sei ein helles und sehr schnelles Objekt in Form einer Scheibe
aufgetaucht, meldeten die Piloten. Das von ihnen alarmierte Frühwarnzentrum konnte jedoch auf den Radarschirmen nichts
erkennen. In Mexico City soll im August 1997 ein Ufo um die Hochhäuser gekurvt sein, und im März 2004 filmte die Besatzung eines mexikanischen Militärflugzeuges mit einer Wärmebildkamera erst zwei, später elf leuchtende Kugeln, die
in geringem Abstand die Maschine umkreisten und auch vom
Bordradar erfasst wurden. Für das Auge blieben die Objekte jedoch unsichtbar. Und schon 1969 sollen die US-Astronauten
Neill Armstrong und Buzz Aldrin bei ihrer Mondlandung Ufos gesehen haben. Die unbekannten Flugobjekte sind so real,wie
die Flugzeuge am Himmel!

UFO-Formen

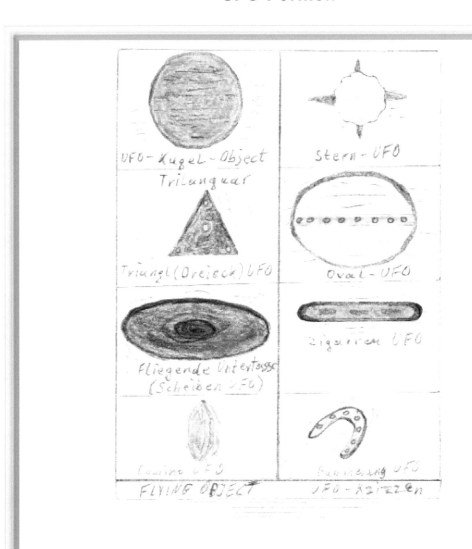

UFO-Formationen

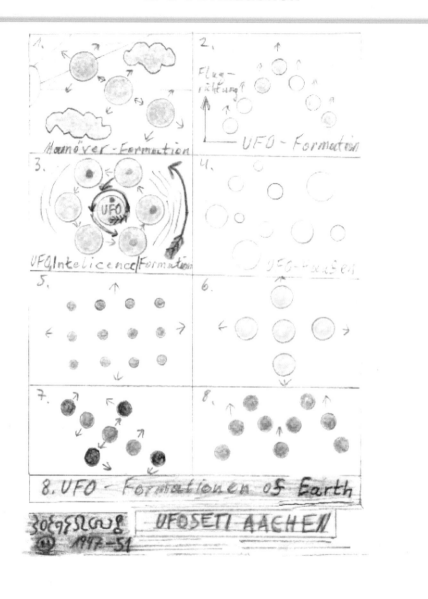

8. UFO - Formationen of Earth

UFOSETI AACHEN

1947-51

23.Hyperraum

Wenn wir uns in unseren Universum nicht schneller bewegen können als das Licht,dann können wir vielleicht einen Abkürzungsweg einschlagen. Besteht vielleicht die Möglichkeit,aus unseren Gewohnten Weltraum hinauszuschlüpfen und uns auf geheimen Wegen von Raum und Zeit zu bewegen,um dann an einem Punkt,der weit von unserem Ausgangsort entfernt ist,in unser eigenes Universum zurückzukehren? Hyperraum genannt oder:(Hyperspace)heißt der >>andere Raum<< ,der für solche Abkürzungeswege benutzt wird. Für den Menschen ist das aber noch Zukunftsmusik und noch nicht reallisirbar.

In der Science Fiction und Autorenwelt ist der Begriff: Hyperraum allgegenwärtig und wird zur Standartausführung der Science Fiction - Welt benutzt.

Eine mehr verbreitene Ansicht über den Hyperraum ist, daß man ihn sich als ein >>benachtbartes Universum<< vozustellen hat,das viel kleiner ist als unser Universum und wo jeder einzelne Punkt im Hyperraum einem Punkt in unserem Universum entspricht. Die Mathematiker bezeichnen das als >>isomorphe<< Darstellung.Auf dieser Weise kann man sich des Hyperraums wie einer kleinen Landkarte unseres eigenen Universums bedienen,einer Landkarte,auf der man reisen kann-so,als ob wir von London zu einem Punkt auf der Landkarte,der als >>London<< bezeichnet ist,hinübergehen könnten um von dort aus das kurze Stück zu dem als >>New York<< bezeichneten Punkt zu gehen und dann aus der Landkarte wieder hinauszutreten in das New York der Wirklichkeit. Auch hier besteht die Schwierigkeit vor allem darin,wie man in die Landkarte -den Hyperraum- gelangen kann.

Oder: Andere Dimensionen vielleicht mal in naher Zukunft zu bereisen und zu erforschen, die aber immer für Reisende (Zeitreisen),wie Raumgleiter (Raumschiff) und deren Insassen mitunter oder mit einhergehenden fatalen Gefahren verbunden sein können und sind.Warum,eine nur um einen Zentimeter falsche Eintragung auf der Landkarte dazu führt,daß ein Raumschiff Millionen von Lichtjahren von seinem geplanten Ziel entfernt in den normalen Weltraum zurückkehrt. Warum sollte auch eine Reise durch den Hypperraum so einfach sein? Die annahme einzelner Wissenschaftler ist das es fremde Zivillisationen und Itelligente Lebensformen geben könnte im Universum die dieses Problem ud die Logik umsetzen wie bei Zeitreisen schon längst gelöst haben,weil sie die Technologie besitzen und schon in der lage sind nach meiner meinung als UFO-Forscher dies ohne große überwindung villeicht schon unsere Welt besuchten?

24.Schwarze Löcher

Schwarze Löcher: Portale in eine andere Welt...?
Einige Wissenschaftler sehen in diesen selten vorkommenden Phänomenen das Hineinfallen in eine andere Dimension. Wie im Weltall sollen auch auf der Erde unsichtbare 'schwarze Löcher' existieren, die wie ein Zeit-Tunnel in andere, völlig unerforschte Dimensionen führen. Russische und amerikanische Wissenschaftler befassen sich inzwischen seit Jahrzehnten mit dem Problem der 'Zeitkrümmung' und Zeitverdichtung. Die früher herrschende Meinung, Zeit könne allein durch die enorme Geschwindigkeit eines dahinrasenden Objektes überbrückt werden (ähnlich wie bei der Schallmauer müsse man dabei mit Lichtgeschwindigkeit eine Art 'Zeitmauer' überwinden), dürfte dabei längst durch neuere und effektivere Erkenntnisse und Erfahrungen abgelöst worden sein. Ein solcher Ort, wo Menschen und Objekte in ein Zeitloch fallen, könnte nach Meinung einiger Forscher das Bermuda-Dreieeck sein, wo allein in den vergangenen 50 Jahren etwa 30 modernste Flugzeuge, unzählige Schiffe und mehr als 1000 Menschen spurlos verschwanden. Wie kann so etwas geschehen? Normalerweise benötigt man, um eine beliebig lange oder kurze Strecke von A nach B zu überwinden, Zeit. Ganz gleich, in welchem Tempo man dahinrast, mathematisch verbleibt immer ein Restwert an zu überbrückender Zeit. Der Zeitfaktor Null könn- te somit nicht durch Geschwindigkeit, sondern vielmehr durch das Zusammenschmelzen der Strecke A - B erreicht werden. Dies scheint im Raum-Zeit-Gefüge zuweilen stattzufinden und es öffnen sich dann für kurze Augenblicke "Schwarze Löcher", durch die Objekte oder Menschen von einer anderen Dimension aufgesaugt werden und für immer aus unserem "Jetzt-Zeit-Ver- ständnis" verschwinden...

25.Schlusswort

Kosmos / Weltall Sind wir Menschen alleine im All ich glaube nicht ich behaupte und bin davon überzeugt das es tausende ähnliche Welten wie es unsere ist gibt.Aber die noch für den Menschen derzeit Unerreichbar bleibt.

Visionen (Zukunft)

Zitate bekannter Menschen: Visionen wecken Energie, lösen Aktivitäten aus und reißen andere mit. Eine Vision, an die Sie fest glauben, setzt gewaltige geistige wie emotionale Energie frei. - Lothar J.Seiwert Wenn das Leben keine Vision hat, nach der man strebt, nach der man sich sehnt, die man verwirklichen möchte, dann gibt es auch kein Motiv, sich anzustrengen. -Erich Fromm Es gibt keinen günstigen Wind, für den, der nicht weiß, in welche Richtung er segeln will. - Wilhelm von Oranien-Nassau, Prinz von Oranien, 1533-1584 Jede Unternehmung braucht einfache, klare und sie zusammenhaltende Ziele. Diese müssen leicht verständlich und herausfordernd sein, um eine gemeinsame Vision zu begründen. - Peter F. Drucker Der Langsamste, der sein Ziel nur nicht aus den Augen verliert, geht noch immer schneller, als der ohne Ziel herumirrt. - Gotthold Ephraim Lessing Wer Visionen hat, sollte zum Arzt gehen. - Helmut Schmidt oder Franz Vranitzky Wir alle sollten uns um die Zukunft sorgen, denn wir werden den Rest unseres Lebens dort verbringen. - Charles F. Kettering Die Geschichte der Menschheit ist die Geschichte der menschlichen Visionen. - Hans Kasper Alles von dem sich der Mensch eine Vorstellung machen kann, ist machbar. - Wernher von Braun Ich ermutige die Menschen, kühn zu träumen, Visionen zu entwickeln. - Jack Welch, ehemaliger CEO von General Electric Wenn Du es dir vorstellen kannst, kannst du es auch machen. - Walt Disney

Die Weltordnung ohne Gleichgewicht ?

Berichtet wird von negativen Weltnachrichten wie Politik auch Massenmedien und gezeigten Videos über Verbotene und negative Geheime US-Dokumente und Britische (England-Dokumente) über andere Nationen.

Die große Tummelwiese das sogenannte Internet wird durch bekannt gewordenen Spionage Programme (Trojaner Programme der Weltmächte wie USA,England,China,Russland für die Daten-Spionage eigesetzt und mißbraucht.

PSI:Spione und US-Geheimdienste wie (NSA) und der Britische Geheimdienst besonders ?

Es gibt Falsche Botschafter die den Weltfrieden mit Füssen tretten und verkünden?

Die Welt-Politik auch die Globale-Weltwirtschaftskrise versingt im Kaos und sinnvolle Politische-Verabschiedungsbeschlüsse von Gesetzen werden nicht immer konsequenz umgesetzt.

Geburt von Leben ermöglichen und nicht töten.

Die Welt-Religionen werden mißachtet und bekämpfen sich gegenseitig ,Respekt und gegenseitigen friedlichen autauschs von Dialog bleiben aus.

Das Einundzwanziegste Jahrhundert berichtet nur noch von ständiger Armut und steigener Desinformation,Krisen,Katastrophen,Mord und gewollte Zensur am Menschen.

Verschwörungen werden gemacht,der Klimawandel wird Weltweit ignoriert von den Regierungen.

Menschenrechte werden immer weniger zum Gebot. Minderheiten Respektieren wie Völker,Behinderte Menschen und Sozialschwache,Kinder und Opfer auch verfolgte wieder intigrieren und in die Gesellschaft eingliedern. Respekt vor fremden Eigentum. Tiere sind auch lebewesen und sollten so behandelt werden. Grausame Kriegstreiber leben genug auf der Welt. Vergeltungen von sinnlosen Kriege werden gemacht und angezetellt. Hungersnot gehört zum Tabuthema,Armut steigt weiter Weltweit. Die Reichen werden immer Reicher. Lügen verbreiten sich wie im Lauffeuer. Bankenkrisen gehören dazu oder sind schon die Tagesordnung. Naturkatastrophen verursacht vom Menschen und Indutrie. Verbrecher und Mörder werden im Geheimen beauftragt im Namen von Weltmächte-Regierungen zu Morden. Einige Industrie-Weltkonzerne umgehen die Gezetzgebung und verseuchen die ganze Flüsse,Gewässer,Meere und Ganze-Landtriche der Erde. Die Artenvielfalt auf der Erde ist ständig in Gefahr und ist vom Aussterben bedroht. Geheime und schreckliche Wahrheit, Berichtet wird über Fotos und Videos tauchen immer wieder auf im Internet mit grausamen zenen und tatsachen über dreckige Parollen von Soldaten der US-Streitkräfte die sich bis hin zum Totschlag und versuchten Mord auch Völkermord an Feinde oder Ziviellisten oder Kinder begehen und auf den erlegten Toten Urinieren und werden auch veröffentlicht und stellen Täter als solche Mörder an den Pranger.Gottseidank.

Die Kriegsverbrecher müssen sich vor dem Gericht und Kriegstribunal verantworten und werden hart für das vergehen bestraft und Unerrenhaft aus dem Millitär-Dienst entlassen. Gefährliche Atomversuche und Genmanipulationen der Medizin und des Millitärs. Einigkeit,Recht und Freiheit muß immer gewährleistet sein und in Zukunft. usw. „„..um nur einige der genannten Details zu nennen. Gut.Es geben auch noch Schöne Sachen und Seiten im Leben der Menschheit die aber immer meistens mit Geld verbunden ist und sind wie Arbeit,Glück,Frieden,Gesundheit,Kindersegen,Wohlstand,Urlaub die der mehrheit von Menschen sich aber nicht mehr leisten bzw.auf dauer oder garnicht erfüllen kann. Machenschaften von Spionage und Geheime-Operrationen. Menschen ausschalten bis zur vernichtung bis hin zum Tod seitens der Geheimorganisationen und gewollter künstlicher erzeugter Terror sind maßig an der anzahl Weltweit und geschehen täglich. Und was ist mit den anderen Dokumenten geschehen wie unter anderen von Geheimpapieren der Freimaurerrei und Verschwörungsdogtrien wie Zum Beispiel: der Berichte vom Wahrheitsimbargo(Flying Objekte)usw. Es folgen leider keine enthüllungen der Wahrheit aber es bleibt nur ein großes Fragezeichen übrig. Und der Wahnsinn geht unaufhörlich weiter und in die nächsten kommenden Jahrzehnte und Runden. Und was ist mit der Bankenwelt,Weltwirtschaftkrise und der alleingang der Weltmächte ? Die bedrohlich steigende Tendenz was den Weltfrieden ausmacht und ständig in Krisen,Kriegen versinkt und in Gefahr ist wird immer schwieriger oder ist kaum noch zu gewährleisten! Die großen Weltmächte haben leider ihre aufgaben zum gunsten der Menschheit nicht erfüllt,und der Kalte Krieg ist immer noch allgegenwärtig. Ich appeliere und hoffe an die Vernunft der Weltpolitik und der Weltmächte dies ist keine friedliche lösung auf dauer!

CIA & NSA

Die verbindung mit NSA -"National Security Agency" und dem UFO-Absturz von Roswell

Der damalige auslöser und die Gründung der hier genannten US-Geheimdienste bzw. nach der bestehenden CIA war die NSA voller Name lautet: "National Security Agency". Die NSA wurde anfangs nur aus einen Grund gegründet wegen der angeblichen bestehenden realen Außerirdischen Gefahr und dem UFO-Absturz von Roswell 1947 und der sorge der Nationalen Sicherheit in den Vereinigten Staaten. Am 4. November 1952 schuf Präsident Truman durch Geheimen Präsidentenbefehl die supergeheime "National Security Agency" (Nationaler Sicherheitsrat). Ihr eigentlicher Zweck war die Dekodierung von Außerirdischer Kommunikation und Sprache und die Kontaktaufnahme mit den Außerirdischen. Diese höchst dringliche Aufgabe stellte die Fortsetzung früherer Bemühungen dar und wurde mit dem Decknamen "Sigma" versehen. Die Aufgabe der NSA bestand darin, weltweit alle Kommunikationen und Aussendungen zu überwachen, unabhängig von ihrem Ursprung, irdisch oder außerirdisch, zum Zweck der Zusammenstellung nachrichten dienstlicher Informationen und um die Anwesenheit der Außerirdischen zu tarnen. Project Sigma war erfolgreich. Die NSA unterhält

außerdem Kontakte mit der Basis LUNA und anderen geheimen Raumprojekten. Durch diesen Präsidentenbefehl steht die NSA außerhalb aller Gesetze, die die NSA nicht gesondert erwähnen, die aber Grund dieser Gesetze ist. Die NSA nimmt heute viele andere Aufgaben wahr und ist tatsächlich die wichtigste Stelle innerhalb der Nachrichtendienste. Die NSA erhält heute 75% der den Nachrichtendiensten zugeteilten Gelder. Das alte Sprichwort "Das Geld geht immer zur Macht" trifft auch hier zu. Der Direktor der CIA ist heute nicht mehr als ein Aushängeschild , das man lediglich der Öffentlichkeit zuliebe unterhält. Die eigentliche Aufgabe der NSA ist heute immer noch Außerirdische Kommunikation, schließt aber jetzt noch andere Aufgaben ein. Seit dem Roswell-Ereignis hatte Präsident Truman nicht nur unsere Alliierten, sondern auch die Sowjetunion über die Entwicklung des Außerirdischen Problems auf dem Laufenden gehalten. Dies geschah für den Fall, daß die Außerirdischen sich zu einer Bedrohung der menschlichen Rasse entwickeln sollten. Pläne wurden erarbeitet, um die Erde im Fall einer Invasion verteidigen zu können.

Der Urknall - Der Anfang und das ende.
Ein weiter Blick zurück.
Der Urknall markiert den Beginn von Raum und Zeit,wie wir
sie kennen.Vor dem Urknall war nichts ;jenseits des
Universums,das aus dem Urknall entstand,ist nichts -
zumindest nichts,was wir kennen.
Wenn man ins All schaut,zehn Milliarden Lichtjahre
entfernt,schaut man in die Vergangenheit - zwei Drittel des
Weges zum Urknall,den Wissenschaftlern für den Beginn des
Universums halten ? Das genaue Alter des Universums kann
man nur erahnen und beziffern oder man geht zur Zeit von
13,7 Milliarden Jahren aus. z.B. man schätzt das Alter
unseres eigenen Sonnensystems also unsere Sonne mi den
acht Planeten und Trabanten auf Circa 4,6 Milliarden Jahre.
Aber wenn unser Sonnensystem älter ist wie nach der
meinung vieler Wissenschaftlern der heutigen
festgefahrenden stupiden Wissenschaft, uns erzählen und
veraltenen Naturwissenschaften lehren und Stur darauf
beharen und gehen, aber sich imenz irren,Was dann ?
Ich gehe nämlich davon aus das die Materie schon vor dem
Urknall immer existierte und nicht nach den Urknall
entstanden ist.Warum; Die Materie vor den angeblichen
Urknall oder „Big bang" genannt war so groß wie ein
Sandkorn,bzw. komprimierte Energie in einen Atom das
durch die eigene ausgelöste Kettenreaktion mutierte und
viele Universen erschuf wie das unsere.

Und das es nur so da draußen von unbekannten Leben
wimmelt.